OS SEIS BUSTOS DE NAPOLEÃO

e outras histórias

ARTHUR CONAN DOYLE nasceu em Edimburgo, na Escócia, em 1859. Formou-se em Medicina pela Universidade de Edimburgo em 1885, quando montou um consultório e começou a escrever histórias de detetive. *Um estudo em vermelho*, publicado em 1887 pela revista *Beeton's Christmas Annual*, introduziu ao público aqueles que se tornariam os mais conhecidos personagens de histórias de detetive: Sherlock Holmes e Dr. Watson. Com eles, Conan Doyle imortalizou o método de dedução utilizado nas investigações e o ambiente da Inglaterra vitoriana. Seguiram-se outros três romances e inúmeras histórias com os personagens, publicados nas revistas *Strand*, *Collier's* e *Liberty* e posteriormente reunidos em cinco livros. Outros trabalhos de Conan Doyle foram freqüentemente obscurecidos por sua criação mais famosa e, em dezembro de 1893, ele matou Holmes (junto com o vilão professor Moriarty), tendo a Áustria como cenário, no conto "O problema final" (*Memórias de Sherlock Holmes*). Holmes ressuscitou no romance *O cão dos Baskerville*, publicado entre 1902-1903, e no conto "A casa vazia" (*A ciclista solitária*), de 1903, quando Conan Doyle sucumbiu à pressão do público e revelou que o detetive conseguira burlar a morte. Conan Doyle foi nomeado cavaleiro em 1902 pelo apoio à política britânica na guerra da África do Sul. Morreu em 1930.

OBRAS DO AUTOR NA COLEÇÃO **L&PM** POCKET

Aventuras inéditas de Sherlock Holmes
A ciclista solitária e outras histórias
Um escândalo na Boêmia e outras histórias
O cão dos Baskerville
Dr. Negro e outras histórias
Um estudo em vermelho
A juba do leão e outras histórias
Memórias de Sherlock Holmes
A nova catacumba e outras histórias
Os seis bustos de Napoleão e outras histórias
O signo dos quatro
O solteirão nobre e outras histórias
O último adeus de Sherlock Holmes
O vale do terror
O vampiro de Sussex e outras histórias

ARTHUR CONAN DOYLE

OS SEIS BUSTOS DE NAPOLEÃO

e outras histórias

Tradução de Guilherme da Silva Braga

www.lpm.com.br

L&PM POCKET

Coleção **L&PM** Pocket, vol. 190

Título original: *The return of Sherlock Holmes* (Este livro foi dividido em dois: *A ciclista solitária e outras histórias*, vol. 189, e *Os seis bustos de Napoleão e outras histórias*, vol. 190).

Tradução: Guilherme da Silva Braga
Capa: Marco Cena
Revisão: Jó Saldanha e Renato Deitos

ISBN: 85.254.1036-5

D754s Doyle, Arthur Conan, *Sir*, 1859-1930
Os seis bustos de Napoleão e outras histórias / Arthur Conan Doyle; tradução de Guilherme da Silva Braga. — Porto Alegre: L&PM, 2006.
184 p. ; 18 cm -- (Coleção L&PM Pocket)

1. Ficção inglesa policial. I. Título. II. Série.

CDD 823.872
CDU 820-312.4

Catalogação elaborada por Izabel A. Merlo, CRB 10/329.

PORTO ALEGRE: Rua Comendador Coruja 314, loja 9 - 90220-180
Floresta - RS / Fone: 51.3225.5777
PEDIDOS & DEPTO. COMERCIAL: vendas@lpm.com.br
FALE CONOSCO: info@lpm.com.br
www.lpm.com.br

IMPRESSO NO BRASIL
Verão de 2006

Sumário

Os seis bustos de Napoleão

Freqüentemente recebíamos rápidas visitas do sr. Lestrade, da Scotland Yard, à noite. Essas visitas eram muito apreciadas por Sherlock Holmes, pois assim ele podia manter-se a par de tudo o que acontecia na delegacia. Em troca das notícias narradas por Lestrade, Holmes estava sempre disposto a ouvir com atenção os detalhes de qualquer caso que o detetive estivesse investigando, ocasionalmente dando alguma dica ou sugestão, graças ao seu vasto conhecimento e experiência, ainda que sem se envolver diretamente na investigação.

Nessa noite em especial, Lestrade havia falado sobre o tempo e as últimas notícias, mas então calou-se, enquanto fumava um charuto, pensativo. Holmes observava-o atentamente.

– Meditando a respeito de algo extraordinário?

– Oh, não, sr. Holmes, nada em especial.

– Então me fale a respeito.

Lestrade riu.

– Bem, sr. Holmes, é inútil negar que algo ocupa meu pensamento. Mas trata-se de um caso tão absurdo que não quis incomodá-lo com ele. Por outro lado, ainda que seja de pouca importância, é também muito esquisito, e sei que o senhor tem gosto por tudo o que é fora do comum; porém, na minha opinião, trata-se de algo que tem mais a ver com a especialidade do dr. Watson do que com a nossa.

– Alguma doença? – perguntei.

– Loucura, de qualquer modo. E uma loucura bem esquisita! Hoje em dia é difícil imaginar que ainda haja alguém com tamanho ódio de Napoleão a ponto de sair quebrando qualquer estátua dele que encontre.

Holmes afundou em sua cadeira.

– Isso não é assunto para mim – disse ele.

– Exatamente. Foi isso o que falei. Mas de qualquer modo, quando alguém arromba casas para quebrar estátuas que não lhe pertencem, o caso deixa de dizer respeito ao médico e passa a dizer respeito à polícia.

Holmes endireitou-se novamente em sua cadeira.

– Arrombamento! Isso está ficando mais interessante. Gostaria de ouvir os detalhes.

Lestrade pegou seu caderno de anotações e leu algumas páginas para refrescar a memória.

– O primeiro caso registrado foi quatro dias atrás – disse ele. – Na loja de Morse Hudson, um estabelecimento na Kennington Road onde se vendem pinturas e estátuas. O empregado saiu da loja por um instante e em seguida ouviu um estrondo. Ao voltar correndo, encontrou um busto em gesso de Napoleão, que estava junto com diversos outros objetos de arte sobre o balcão, despedaçado no piso. Ele correu até a rua, mas, ainda que muitos transeuntes afirmassem terem visto um homem sair correndo da loja, não viu nada nem conseguiu identificar o patife. Tudo pareceu mais um desses atos de vandalismo que ocorrem de tempos em tempos, e como tal foi registrado pelo chefe de polícia. O busto de gesso não valia mais que alguns *shillings*, e toda essa história pareceu muito infantil para merecer uma investigação especial.

"O segundo caso, no entanto, foi mais sério e também mais peculiar. Aconteceu ontem à noite mesmo. Na Kennington Road, a algumas centenas de metros da loja de Morse Hudson, vive um médico bastante conhecido, o dr. Barnicot; é um dos médicos mais experientes ao sul do Tâmisa. Sua residência e o principal consultório se localizam na Kennington Street, mas ele tem uma clínica cirúrgica e um dispensário na Lower Brixton Street, a três quilômetros de distância. O dr. Barnicot é um grande admirador de Napoleão, e sua casa é cheia de livros, quadros e relíquias do imperador francês. Há pouco tempo, comprou de Morse Hudson duas réplicas em gesso do famoso busto de Napoleão de autoria do escultor francês Devine. Colocou um deles no saguão de sua casa, na Kennington Street, e o outro sobre a lareira da clínica, na Lower Brixton Street. Bem, quando o dr. Barnicot chegou esta manhã, surpreendeu-se ao descobrir que sua casa havia sido arrombada durante a noite e que nada havia sido roubado exceto o busto de gesso que estava na parede. Alguém o havia levado para fora da casa e arremessado contra a parede que dá para o jardim, onde os cacos e fragmentos foram encontrados."

Holmes esfregou as mãos de satisfação.

– Isso sim é uma novidade – disse ele.

– Achei que o senhor apreciaria o caso. Mas ainda não cheguei ao fim. O dr. Barnicot tinha uma cirurgia marcada para o meio-dia, e dá para imaginar a surpresa dele quando, ao chegar lá, descobriu que a janela havia sido aberta durante a noite e que os pedaços de seu segundo busto estavam espalhados por toda a sala. Em nenhum dos casos conseguimos pistas ou sinais que pudessem nos levar ao criminoso ou ao louco que aprontou essa confusão. Eis os fatos, sr. Holmes.

– São curiosos, para não dizer grotescos – disse Holmes. – Posso lhe perguntar se os bustos quebrados na casa e no consultório do dr. Barnicot eram réplicas exatas daquele que foi destruído na loja de Morse Hudson?

– Foram feitos a partir do mesmo molde.

– Esse fato vai contra a teoria de que o homem que os quebra é motivado por um ódio doentio a Napoleão. Levando-se em conta as centenas de bustos do grande imperador que devem existir em Londres, seria muita coincidência que um iconoclasta vulgar começasse por destruir três exemplares do mesmo busto assim, por acaso.

– Bem, pensei o mesmo que o senhor – disse Lestrade. – Mas por outro lado, Morse Hudson é quem fornece bustos para aquela área da cidade, e esses três foram os únicos que teve em sua loja, durante anos. Então, apesar de haver centenas dessas estátuas em Londres, como o senhor mesmo diz, é muito provável que essas três fossem as únicas naquele bairro. Portanto, qualquer fanático da região começaria por elas. O que acha disso, sr. Watson?

– Não há limites para a monomania – respondi. – Existe um distúrbio que os psicólogos franceses modernos chamam de *idée fixe**, que tem sintomas que passam facilmente despercebidos e que podem coexistir em uma mente completamente sã sob outros aspectos. Alguém que tivesse lido exaustivamente a respeito de Napoleão, ou que tivesse sofrido alguma perda em sua família em conseqüência da guerra, poderia desenvolver essa *idée fixe* e, sob sua influência, seria capaz de qualquer tipo de brutalidade.

– Isso não basta, meu caro Watson – disse Holmes, balançando a cabeça. – Nenhuma *idée fixe* faria com que o seu interessante monomaníaco descobrisse onde esses bustos se encontravam.

– Bem, então como *você* explica isso?

---

* Idéia fixa. Em francês no original. (N. do T.)

– Não estou tentando explicar. Gostaria apenas de fazer a observação de que há um método na maneira como esse cavalheiro procede. Por exemplo, no saguão da casa do dr. Barnicot, onde um som poderia atrair a atenção da família, o busto foi levado para fora antes de ser quebrado, enquanto na sala de cirurgia, onde o risco de chamar a atenção era menor, ele foi destruído exatamente onde estava. Parece um detalhe insignificante, mas ainda assim não me atrevo a descartar nada, quando me recordo que alguns de meus casos mais clássicos tiveram um começo bastante desanimador. Você deve se lembrar, Watson, de como o terrível caso da família Abernetty chamou a minha atenção primeiramente pela profundidade com que a salsa havia se afundado na manteiga em um dia quente. Dessa forma não posso me dar o luxo de achar graça de seus bustos quebrados, Lestrade, e ficarei muito agradecido se me informar a respeito de qualquer novo acontecimento dessa cadeia de eventos tão curiosos.

O acontecimento que meu amigo queria veio de forma mais rápida e infinitamente mais trágica do que ele poderia imaginar. Eu ainda estava me vestindo em meu quarto na manhã seguinte, quando ouvi uma batida na porta, e Holmes entrou, segurando um telegrama. Ele leu em voz alta:

> "Venha imediatamente, Pitt Street, 131, Kensington. Lestrade".

– Então, do que se trata? – perguntei.

– Não sei, pode ser qualquer coisa. Mas suspeito de que seja um desdobramento do caso das estátuas. Se assim for, nosso amigo destruidor de bustos deve ter começado a agir em outro ponto de Londres. O café está na mesa, Watson, e um coche nos aguarda.

Em meia hora havíamos chegado à Pitt Street, uma rua calma, logo ao lado de um dos pontos mais agitados de Londres. O número 131 era apenas mais uma moradia em uma fila de casas respeitáveis, mas sem atrativos e nada inspiradoras. Ao chegarmos de coche encontramos uma multidão curiosa em frente à cerca da casa. Holmes assoviou.

– Raios! Isso foi pelo menos uma tentativa de assassinato. Somente algo do tipo poderia deter um carteiro de Londres. A maneira como aquele sujeito espicha o pescoço e encolhe os ombros indica um ato violento. O que é isto, Watson? O degrau de cima está encharcado, e os demais, secos. Mas há pegadas suficientes, de qualquer forma! Bem, Lestrade está na janela da frente, e logo saberemos tudo o que aconteceu.

O oficial nos recebeu com um semblante grave e nos conduziu a uma sala de estar, onde um velho senhor, com uma aparência descuidada e vestido em um roupão de flanela, andava para cima e para baixo. Ele nos foi apresentado como o dono da casa – sr. Horace Harker, do Sindicato Central de Imprensa.

– É novamente o caso dos bustos de Napoleão – disse Lestrade. – Sr. Holmes, o senhor pareceu interessado ontem à noite, então pensei que talvez desejasse estar presente agora que o caso tomou um rumo muito mais drástico.

– E que rumo foi esse?

– Assassinato. Sr. Harker, poderia contar a estes senhores exatamente o que aconteceu?

O homem no roupão virou-se para nós com um olhar que era pura melancolia.

– É incrível que durante toda minha vida eu tenha corrido atrás de notícias e agora que algo importante, digno de notícia, aconteceu comigo, estou tão confuso e aflito que mal consigo articular duas palavras. Se eu estivesse aqui como jornalista, teria me entrevistado e conseguiria duas colunas publicadas em todos os jornais. Na atual circunstância, fico dando de presente a minha história para uma fieira de pessoas diferentes, e eu mesmo não posso usá-la. No entanto, já ouvi seu nome, sr. Sherlock Holmes, e se o senhor puder me explicar esse acontecimento tão esquisito, considerarei retribuído o incômodo de lhe contar a história.

Holmes sentou-se e escutou.

– Tudo parece estar relacionado com aquele busto de Napoleão que comprei para esta mesma sala cerca de quatro meses atrás. Comprei-o a um bom preço dos irmãos Harding, a dois passos da estação High Street. Uma boa parte de meu trabalho jornalístico é executada à noite, e muitas vezes fico escrevendo até o amanhecer. Foi assim hoje. E eu estava em meu escritório, na parte de trás do sótão da casa, quando achei ter ouvido alguns barulhos no andar de baixo. Era por volta de três da manhã. Fiquei escutando, mas os barulhos não se repetiram, e assim concluí que eles tinham vindo de fora. Então de repente, uns cinco minutos depois, ouvi um grito horrível – o som mais pavoroso que eu já ouvi, sr. Holmes. Enquanto eu viver, ele ecoará em meus ouvidos. Paralisado pelo medo, fiquei sentado por um ou dois minutos. Então peguei o atiçador da lareira e desci as escadas. Quando entrei nesta sala, encontrei a janela escancarada e imediatamente percebi que o busto havia sumido de cima da lareira. Não entendo por que um arrombador levaria aquilo, pois era apenas uma réplica em gesso sem valor algum.

"Como o senhor vê, qualquer um que entre por aquela janela pode alcançar a porta da frente dando uma larga passada. Estava claro que era isso que o arrombador havia feito, então me virei e abri a porta. Ao sair no escuro, quase tropecei em um homem morto que jazia no chão. Voltei para pegar uma lanterna, e lá estava o pobre-coitado, com um enorme corte na garganta e nadando em sangue. Ele estava deitado de costas, com os joelhos dobrados para cima e a boca escancarada. Creio que o verei muitas vezes em meus pesadelos. Só tive tempo de soar meu apito de chamar a polícia, e então devo ter desmaiado, pois não me recordo de mais nada até acordar sob o olhar de um policial, no saguão."

– Bem, e quem era o homem assassinado? – perguntou Holmes.

– Não há nada que possa identificá-lo – disse Lestrade. – O senhor verá o corpo no necrotério, mas até agora não fizemos nada com ele. É um homem alto, de pele bronzeada, mas ainda assim não parece ser um operário. Um canivete com cabo de chifre foi encontrado a seu lado, em uma poça de sangue; no entanto, não sabemos se foi essa a arma do crime ou se o canivete pertencia ao morto. Não encontramos nenhum documento em suas roupas ou em seus bolsos: apenas uma maçã, um pedaço de cordão, um mapa barato de Londres e uma fotografia. Aqui está ela.

Evidentemente, tratava se de uma fotografia tirada com uma câmera de poucos recursos. Nela aparecia um homem com feições simiescas, com sobrancelhas grossas e a parte inferior da face projetada para fora, como um babuíno. Ele parecia estar em alerta.

– E o que aconteceu com o busto? – perguntou Holmes, após examinar cuidadosamente a fotografia.

– Recebemos informações momentos antes de o senhor chegar. Encontraram-no em pedaços no jardim de uma casa vazia na Campden House Road. Estou indo até lá agora para vê-lo: gostaria de me acompanhar?

– Certamente. Tenho apenas que dar uma olhada por aqui antes.

Ele examinou o tapete e a janela.

– Ou nosso homem tinha pernas muito compridas, ou era muito atlético – disse. – Com esse pequeno espaço aí embaixo, não é fácil alcançar aquele parapeito e abrir a janela. Voltar já é mais simples. O senhor virá examinar os restos do busto conosco, sr. Harker?

O inconsolável jornalista havia sentado junto a uma mesa.

– Tenho de tentar escrever alguma coisa – disse ele –, mesmo não tendo dúvida alguma de que os jornais vespertinos já devem estar cheios de detalhes a respeito do caso. Quanto azar! Lembram-se de quando aquela arquibancada em Doncaster desabou? Bem, eu era o único jornalista presente, e meu jornal foi o único que não noticiou o fato, pois eu estava muito abalado para escrever a respeito. E agora vou entregar tarde demais meu artigo sobre um assassinato na porta de minha casa!

Ao deixar o aposento, escutamos sua caneta rabiscando sobre o papel.

O local onde os fragmentos do busto foram encontrados ficava a apenas duzentos ou trezentos metros de distância. Pela primeira vez nossos olhos pousaram sobre a representação do grande imperador, que parecia causar um ódio frenético e devastador na mente do nosso desconhecido. O busto repousava sobre a grama, em cacos. Holmes juntou uma porção deles e examinou-os cuidadosamente. Seu olhar e seu jeito atentos convenceram-me, pela primeira vez, de que ele encontrara alguma pista.

– Então? – perguntou Lestrade.

Holmes deu de ombros.

– Ainda temos um longo caminho a percorrer. E ainda assim há fatos reveladores que devemos investigar. Para nosso criminoso, ter esse busto sem valor algum em seu poder era mais importante do que uma vida humana. Esse é um dos fatos. E então há este fato singular: ele não o quebrou na casa nem do lado de fora dela, e assim concluímos que sua intenção não era simplesmente quebrar o busto.

– Ele estava confuso e agiu de forma precipitada ao encontrar o outro homem. Mal sabia o que estava fazendo.

– Isso até que é bem provável. Mas em especial eu gostaria de chamar sua atenção para a disposição da casa em cujo jardim o busto foi quebrado.

Lestrade olhou ao redor.

– A casa estava vazia, então ele sabia que ninguém o incomodaria no jardim.

– Sim, mas subindo um pouco a rua há outra casa vazia pela qual ele passou no caminho até aqui. Por que não quebrou o busto lá, já que a cada passo que dava com ele nos braços o risco de ser visto aumentava?

– Desisto! – disse Lestrade.

Holmes apontou para o lampião da iluminação pública acima de nossas cabeças.

– Aqui ele podia ver o que estava fazendo, e lá não. Essa é a razão.

– Por Júpiter! É verdade! – disse o detetive. – Agora que o senhor disse isso, lembro-me de que o busto do dr. Barnicot também foi quebrado perto de um lampião. Bem, sr. Holmes, o que fazemos com essa pista?

– Devemos gravá-la na memória, registrá-la. Mais tarde podemos nos deparar com algo que dependa dela. Que providências o senhor sugere que tomemos agora, Lestrade?

– A coisa mais prática a fazer, em minha opinião, é identificar o morto. Não deve ser difícil. Descobrir quem ele era e quais eram as suas relações já será um bom começo e nos ajudará a descobrir o que estava fazendo na Pitt Street na noite passada e quem o matou na porta da casa do sr. Horace Harker. O senhor não concorda?

– Sem dúvida, ainda que essa não seja a maneira como eu conduziria o caso.

– O que o senhor faria, então?

– Oh, sob hipótese alguma deve permitir que eu o influencie. Sugiro que siga seu método, e eu seguirei o meu. Podemos comparar nossas observações mais tarde, e elas se complementarão.

– Está bem – disse Lestrade.

– Se vai voltar à Pitt Street, bem que poderia falar com o sr. Horace Harker. Conte a ele que já tirei algumas conclusões e que tenho absoluta certeza de que um homicida louco e perigoso obcecado por Napoleão esteve em sua casa na noite passada. Será útil para o artigo dele.

Lestrade fitou-o.

– O senhor não acha isso realmente, acha?

Holmes sorriu.

– Não? Bem, talvez não. Mas tenho certeza de que interessará ao sr. Horace Harker e aos assinantes do Sindicato Central de Imprensa. Agora, Watson, creio que vamos nos deparar com um longo e complicado dia de trabalho. Eu ficaria contente, Lestrade, se você desse um jeito de nos encontrar na Baker Street às seis da tarde. Até lá eu gostaria de ficar com a fotografia encontrada no bolso do morto. É possível que eu precise de sua companhia e de sua ajuda em uma pequena expedição noturna ainda hoje, se meu raciocínio estiver correto. Até lá, adeus, e boa sorte.

Sherlock Holmes e eu caminhamos juntos até chegarmos à High Street. Lá ele parou em frente à loja dos irmãos Harding, onde o busto havia sido comprado. Um jovem atendente informou-nos que o sr. Harding estaria fora até a tardinha e disse que ele próprio era novato e, portanto, não tinha nenhuma outra informação para nos dar. A expressão de Holmes revelava sua decepção e seu aborrecimento em relação ao ocorrido.

– Bem, não podemos querer que tudo corra às mil maravilhas, Watson – disse por fim. – Voltaremos à tarde, já que o sr. Harding não estará aqui antes disso. Como você sem dúvida deve ter imaginado, estou tentando descobrir qual é a origem desses bustos para ver se há algo que possa nos revelar qualquer coisa sobre o que aconteceu com eles. Vamos atrás do sr. Morse Hudson, na Kennington Street, ver se ele pode solucionar o problema.

Após uma hora no coche chegamos ao estabelecimento do vendedor de quadros. Ele era um homem baixo e corpulento, de rosto vermelho e temperamento esquentado.

– Aqui neste balcão, senhor. Não entendo para que pagamos impostos e taxas se um malfeitor qualquer pode entrar e destruir nossas mercadorias. Sim, senhor, fui eu quem vendeu ao sr. Barnicot as duas estátuas. Que desgraça, senhor! É um complô niilista, é o que eu acho. Somente um anarquista sairia por aí quebrando estátuas. Esses republicanos! Quem me forneceu os bustos? Não vejo que relação isso pode ter com o caso, mas se o senhor realmente quer saber, eu os comprei da Gelder & Co., na Church Street, em Stepney. É uma casa tradicional no ramo, existe há vinte anos. Quantos eu tinha? Três – dois foram vendidos ao sr. Barnicot, e um foi arrebentado em plena luz do dia no meu balcão. Se já vi o homem dessa fotografia? Não, nunca. Espere, já o vi sim. Ora, é Beppo! Era um italiano que trabalhava por encomenda e foi muito útil aqui na loja. Sabia entalhar, dourar uma moldura e outras coisas mais. Ele nos deixou na semana passada, e desde então não ouvi mais falar dele. Não, não sei de onde veio nem para onde foi. Nunca tive nada contra ele enquanto trabalhou aqui. Foi embora dois dias antes de o busto ser destruído.

– Bem, isso é tudo que poderíamos esperar obter de Morse Hudson – disse Holmes ao sairmos da loja. – Esse Beppo é o nosso elemento de ligação entre Kennington e Kensington e, portanto, vale uma viagem de quinze quilômetros. Agora, Watson, vamos à Gelder & Co. em Stepney, o ponto de origem de todos os bustos. Eu ficaria muito surpreso se lá não descobríssemos mais nada para nos ajudar na investigação.

Em uma rápida sucessão, passamos pela Londres da alfaiataria, a Londres hoteleira, a Londres teatral, a Londres literária, a Londres comercial e, finalmente, a Londres portuária, até que chegamos a uma cidade à beira do rio onde habitam cem mil almas – onde moradias dos párias de toda a Europa fedem em meio ao mormaço. Ali, em uma larga e movimentada rua que outrora foi o lar de ricos mercadores citadinos, encontramos as esculturas que procurávamos. Do lado de fora, havia um pátio bastante grande repleto de imponentes trabalhos em pedra e, do lado de dentro, uma grande sala na qual cinqüenta empregados esculpiam ou moldavam. O gerente, um alemão loiro e corpulento, recebeu-nos com cortesia e respondeu com clareza a todas as perguntas de Holmes. Uma consulta a seus arquivos revelou que centenas de reproduções haviam sido feitas a partir de uma cópia em mármore do busto de Napoleão executado por Devine, mas as três enviadas para Morse Hudson, mais ou menos um ano atrás, eram parte de uma tiragem de seis, e as três restantes haviam sido enviadas para os irmãos Harding, de Kensington. Não havia razão alguma para que esses seis bustos fossem diferentes dos demais. Ele não conseguiu nos dar nenhuma indicação a respeito de alguém que pudesse desejar destruí-los – na verdade, até riu da idéia. O preço deles no atacado ficava em torno de seis *shillings*, mas no varejo eram vendidos a doze ou mais. O busto era feito a partir de dois moldes, um de cada lado do rosto, e então os dois perfis de gesso eram unidos para compô-lo. Esse trabalho geralmente era feito por italianos, na mesma sala onde estávamos. Depois de prontos, os bustos eram colocados sobre uma mesa no corredor para secar e, em seguida, armazenados. Isso foi tudo o que pôde nos dizer.

Entretanto, uma reação extraordinária manifestou-se no gerente quando mostramos a fotografia. Seu semblante ficou vermelho de raiva, e suas sobrancelhas retorceram-se sobre os seus olhos germânicos.

– Ah, esse patife! – gritou. – Sim, claro que o conheço muito bem. Nosso estabelecimento sempre foi muito respeitável, e a única vez em que a polícia esteve aqui foi por culpa desse homem. Já faz mais de ano. Ele esfaqueou um outro italiano na rua e veio para o trabalho com a polícia na sua cola; foi preso aqui. Seu nome era Beppo, mas eu nunca soube o sobrenome. Isso é o que mereço por empregar um homem com essa cara. Mas era um profissional competente – um dos melhores que já vi.

– O que aconteceu com ele?

– O outro italiano sobreviveu, e Beppo foi solto após um ano. Tenho certeza de que está à solta agora, mas não se atreveu a aparecer por aqui. Um dos primos dele trabalha conosco, e creio que pode lhes dizer onde ele está.

– Não, não – disse Holmes –, faço questão que não se conte nada ao primo, por favor. Este assunto é muito sério, e quanto mais o investigo mais sério ele se torna. Quando o senhor procurou em seu livro-caixa o registro de venda daqueles bustos, percebi que a data era 3 de julho do ano passado. O senhor saberia precisar a data em que Beppo foi preso?

– Posso dizer aproximadamente pela folha de pagamento – respondeu o gerente. – Sim – ele continuou –, Beppo foi pago pela última vez em 20 de maio.

– Obrigado – disse Holmes. – Acho que não é mais necessário tomar seu tempo e sua paciência.

Após um último pedido de que nada fosse dito aos trabalhadores a respeito de nossas investigações, rumamos novamente para Londres.

A tarde já se estendia quando paramos em um restaurante para um rápido almoço. Na entrada, cartazes que faziam propaganda de jornais anunciavam: "Atentado em Kensington. Homem é assassinado por louco". O conteúdo da matéria mostrava que o sr. Horace Harker havia conseguido publicar seu relato, que ocupava duas colunas com uma descrição floreada e altamente sensacionalista do ocorrido. Holmes apoiou o jornal no galheteiro e leu enquanto comia, rindo consigo vez ou outra.

– Isto está muito bom, Watson. Ouça: "É reconfortante saber que não há divergência de opiniões neste caso, uma vez que o sr. Lestrade, um dos membros mais experientes das forças oficiais, e Sherlock Holmes, o conhecido especialista, chegaram ambos à mesma conclusão: a série de incidentes grotescos que acabou de forma tão trágica foi causada por demência, e não por um impulso criminoso. A única explicação para os fatos é uma perturbação mental". A imprensa, Watson, é uma instituição extremamente útil, se souber tirar proveito dela. Agora, se você já terminou, vamos voltar a Kensington para ver o que o administrador dos irmãos Harding tem a dizer.

O fundador da loja mostrou-se um homem agradável, esperto e firme, muito ativo e rápido, com uma cabeça lúcida e uma língua preparada.

– Sim, senhor, já li a notícia nos jornais. O sr. Horace Harker é nosso cliente. Fomos nós que lhe fornecemos o busto alguns meses atrás. Havíamos encomendado três daquele modelo da Gelder & Co., de Stepney. Já vendemos todos. Para quem? Oh, creio que basta consultar nossos livros de vendas para descobrirmos. Sim, aqui estão os registros. Um para o sr. Harker, um para o sr. Josiah Brown, de Laburnum Lodge, em Laburnum Vale, Chiswick, e um para o sr. Sandeford, da Lower Grove Road, em Reading. Não, nunca vi essa pessoa na fotografia. Seria difícil esquecer um tipo desses, não? Poucas vezes vi alguém tão feio. Se temos italianos trabalhando em nossa equipe? Sim, senhor, vários. Tanto no setor de produção como no de limpeza. Creio que alguém poderia ter espiado o livro de vendas se assim o quisesse. Não há motivo para escondermos o que está aqui. Bem, bem, é um assunto muito estranho, e espero que os senhores me mantenham informado a respeito de qualquer novidade.

Holmes havia feito diversas anotações durante o relato do sr. Harding, e pude perceber sua completa satisfação com o rumo que a investigação estava tomando. No entanto, não fez nenhuma observação a respeito, limitando-se a dizer que chegaríamos atrasados ao encontro com Lestrade se não nos apressássemos. De fato, ao chegarmos, o detetive já se encontrava lá, andando para cima e para baixo em uma impaciência quase febril. A atitude superior indicava que seu trabalho havia rendido alguns frutos.

– E então? – ele perguntou. – O que conseguiram, sr. Holmes?

– Tivemos um dia muito ocupado, não inteiramente disperdiçado – disse meu amigo. – Falamos com os vendedores e os fabricantes. Já sei a origem de cada um dos bustos.

– Os bustos! – gritou Lestrade. – Bem, bem, o senhor tem seus próprios métodos, sr. Sherlock Holmes, e não sou eu quem vai questioná-los, mas acho que fiz um trabalho melhor que o seu. Identifiquei o morto.

– Não diga!

– E descobri um motivo para o crime.

– Esplêndido!

– Temos um inspetor especializado em Saffron Hill e no bairro italiano. Pois bem, o morto tinha um símbolo católico pendurado no pescoço, e isso, junto com a cor de sua pele, fez-me imaginar que ele vinha do Sul. O inspetor Hill o reconheceu no momento em que o viu. Seu nome era Pietro Venucci, natural de Nápoles, e ele era um dos maiores assassinos de Londres. Tinha ligações com a Máfia, que conforme o senhor sabe é uma organização política que impõe suas leis promovendo assassinatos. Veja como o caso torna-se mais claro. É possível que o homem na foto seja um italiano também, membro da Máfia. Provavelmente, desobedeceu alguma regra. Pietro encarrega-se de ir atrás dele, levando consigo uma foto da vítima para não esfaquear o homem errado. Persegue o sujeito e, ao vê-lo entrar em uma casa, espera que ele saia; os dois envolvem-se em uma briga, e Pietro recebe a facada. Que tal, sr. Sherlock Holmes?

– Excelente, Lestrade, excelente! Mas não entendo como isso explica a destruição dos bustos.

– Os bustos! Ora, o senhor não se cansa desses bustos? Afinal, eles nada significam: são pequenos furtos que dariam no máximo seis meses de cadeia. Nossa investigação diz respeito ao assassinato, e creio estar alinhavando a solução dele.

– E qual é a próxima etapa?

– Muito simples. Irei com o inspetor Hill ao bairro italiano para procurar o homem da fotografia e prendê-lo sob acusação de assassinato. Gostaria de vir conosco?

– Acho que não. Creio que podemos atingir nosso objetivo de forma mais simples. Não posso dizer com exatidão, pois tudo depende – bem, tudo depende de um fator que escapa ao nosso controle. Mas creio que se nos acompanhar hoje à noite teremos uma chance em três de colocar o sujeito atrás das grades.

– Os senhores irão procurá-lo no bairro italiano?

– Não. Chiswick parece-me um lugar mais provável para encontrá-lo. Se for a Chiswick comigo esta noite, Lestrade, prometo acompanhá-lo ao bairro italiano amanhã, e esse atraso não vai prejudicá-lo. Mas agora creio que algumas horas de sono fariam bem a todos nós; não pretendo sair antes das onze horas, e provavelmente não voltaremos antes do amanhecer. Jante conosco, Lestrade, e depois poderá descansar no sofá até a hora de começarmos. Enquanto isso, Watson, peço-lhe que chame um mensageiro, pois tenho uma carta a enviar, e é importante que ela seja despachada o quanto antes.

Holmes passou a noite em casa, esquadrinhando as pilhas de jornais antigos que ocupavam a despensa. Saiu de lá com um olhar triunfante, mas não nos disse nada sobre o resultado de sua busca. De minha parte, eu tinha seguido minuciosamente os passos com os quais ele traçara as reviravoltas desse complexo caso, e ainda que eu não conseguisse perceber exatamente o que pretendia, via claramente que Holmes esperava que o grotesco criminoso fosse tentar mais um ataque aos dois bustos restantes – um dos quais encontrava-se em Chiswick, como eu bem lembrava. Sem dúvida, o objetivo de nossa viagem seria pegá-lo em flagrante, e não pude deixar de admirar a sagacidade de meu amigo ao colocar uma pista falsa no jornal para dar ao sujeito a impressão de que ele poderia prosseguir impunemente em seu intento. Não me surpreendi quando Holmes me aconselhou a levar o revólver. Ele por sua vez pegou o chicote, sua arma preferida. Às onze horas, uma carruagem estava à nossa porta, e então fomos até um local do outro lado da ponte Hammersmith. Ali pedimos ao condutor que nos aguardasse. Uma breve caminhada conduziu-nos a uma rua afastada repleta de casas agradáveis, todas com seu próprio pátio. Sobre o portão de uma delas, lemos o nome *Laburnum Villa*, graças à iluminação pública. Seus habitantes naturalmente já haviam se retirado para repousar, pois, a não ser por uma clarabóia sobre a porta de entrada, pela qual um círculo de luz difusa chegava à alameda do jardim, tudo estava às escuras. A cerca de madeira que separava o terreno da estrada projetava uma densa sombra negra para o lado de dentro do pátio, e foi ali que nos escondemos.

– Receio que a espera seja longa – sussurrou Holmes. – Mas graças à nossa boa estrela não está chovendo.

Acho que sequer poderemos fumar para passar o tempo. Entretanto, temos uma chance em três de que algo aconteça para recompensar nosso sacrifício.

Nossa vigília, entretanto, não se mostrou tão longa como Holmes previra e terminou de uma forma muito abrupta e singular. Em um dado momento, alguém escancarou o portão do jardim, sem fazer nenhum som que pudesse nos alertar para sua chegada. Um vulto ágil e negro, ligeiro como um macaco, passou correndo pela alameda. Vimos quando ele desapareceu além da luz que vinha de cima da porta, na densa sombra da casa. Por um tempo considerável suspendemos a respiração, e então ouvimos um rangido. Alguém estava abrindo a janela. O ruído cessou, e mais uma vez houve uma longa pausa. O sujeito estava entrando na casa. Subitamente, vimos o brilho de uma lanterna já no interior do aposento. Era evidente que o que ele buscava não estava ali, pois em seguida vimos o brilho da lanterna através da cortina de um segundo e de um terceiro quarto.

– Vamos nos aproximar da janela aberta. Podemos pegá-lo ao sair – sussurrou Lestrade.

Mas, antes que pudéssemos esboçar qualquer movimento, o homem já havia saído. Quando ele passou pelo círculo iluminado, vimos que carregava um objeto branco debaixo do braço. Discretamente, ele olhou ao seu redor. O silêncio da rua deserta tranqüilizou-o. Virando-se de costas para nós, colocou sua carga no chão, e, no instante seguinte, ouviu-se uma batida seca, seguida por um barulho de cacos espalhando-se. O homem estava tão absorto ao fazer aquilo que sequer ouviu nossos passos enquanto nos aproximávamos pelo gramado. Holmes saltou, atirando-se às costas dele como um tigre, e no instante seguinte Lestrade e eu já o segurávamos pelos pulsos, algemado. Quando o viramos, vi seu rosto horrendo e pálido, suas feições contorcendo-se em fúria ao nos encarar. Percebi imediatamente que era o homem da fotografia que estava conosco.

Mas não era o nosso prisioneiro que prendia a atenção de Holmes. Agachado na soleira da porta, ele examinava aquilo que o homem trouxera de dentro da casa. Era um busto de Napoleão como aquele que havíamos visto pela manhã e, que da mesma forma fora quebrado em pedaços. Cuidadosamente, Holmes observou cada um dos cacos sob a luz, mas eles não se distinguiam em nada de qualquer outro caco de gesso. Assim que terminou o exame, as luzes acenderam-se, a porta abriu-se e o dono da casa – uma figura jovial e rotunda, vestindo calças e camisa – apresentou-se a nós.

– Sr. Josiah Brown, imagino? – perguntou Holmes.

– Sim; o senhor sem dúvida é Sherlock Holmes? Recebi sua mensagem pelo mensageiro expresso e fiz tudo exatamente como o senhor pediu. Trancamos todas as portas e esperamos. Bem, fico muito satisfeito de ver que os senhores pegaram o patife. Cavalheiros, aceitem um convite para entrar e beber alguma coisa!

Entretanto, Lestrade estava ansioso para colocar o prisioneiro em um lugar seguro, de forma que nosso coche foi chamado, e em alguns minutos estávamos os quatro a caminho de Londres. O homem capturado não disse palavra; mas por sob a sombra do seu cabelo emaranhado ele nos encarava e, em um certo momento, quando minha mão parecia estar a seu alcance, tentou abocanhá-la como um lobo faminto. Ficamos tempo suficiente na delegacia para descobrir que as buscas em suas roupas nada mais revelaram além de alguns trocados e uma faca embainhada, em cujo cabo havia vestígios abundantes de sangue fresco.

– Tudo certo – disse Lestrade ao sairmos. – Hill

conhece todo esse pessoal e vai descobrir o nome dele. Os senhores verão que minha teoria da Máfia será confirmada. Mas é verdade que estou muito agradecido ao senhor Sherlock Holmes pela maneira direta com que o homem foi capturado, ainda que eu não entenda tudo que se passou.

– Agora não é hora para explicações – disse Holmes. – Além disso, ainda há um ou dois detalhes que não estão claros, e este é um daqueles casos em que vale a pena trabalhar até o fim. Se o senhor puder aparecer em minha casa mais uma vez, amanhã, às seis da tarde, creio que poderei lhe mostrar que ainda não compreendeu a relevância deste caso. Ele apresenta características absolutamente únicas na história do crime: se no futuro eu permitir que você escreva as crônicas de mais alguns de meus casos, Watson, com certeza poderá enriquecê-las com a narração da singular aventura dos bustos napoleônicos.

Quando nos encontramos no dia seguinte, Lestrade já tinha diversas informações a respeito do nosso prisioneiro. Seu nome aparentemente era Beppo, mas não tínhamos informações sobre o sobrenome. O desgraçado era conhecido na comunidade italiana: já fora um escultor habilidoso e tivera uma vida honesta, mas depois de algum tempo passou a trilhar caminhos tortuosos – já tinha estado duas vezes na cadeia, uma por furtar ninharias e a outra por esfaquear um conterrâneo. Falava inglês perfeitamente. As razões que o levaram a destruir os bustos eram desconhecidas, e ele se recusava a fazer qualquer comentário a respeito; mas a polícia descobriu que os bustos poderiam muito bem ter sido feitos por ele próprio, uma vez que trabalhara com isso na Gelder & Co. Ainda que já soubéssemos muitas dessas coisas, Holmes educadamente escutou tudo mais uma vez; mas eu, por conhecê-lo bem, via claramente que seus pensamentos estavam em outro lugar e percebi o misto de impaciência e expectativa que se ocultava por detrás daquela máscara que ele assumira. Finalmente, fez um movimento brusco em sua cadeira e seus olhos iluminaram-se. Alguém havia batido à porta. Um minuto depois ouvimos passos nas escadas, e um senhor de rosto avermelhado e costeletas grisalhas foi anunciado. Em sua mão direita, tinha uma antiga bolsa de viagem, que colocou sobre a mesa.

– O sr. Sherlock Holmes encontra-se aqui?

Meu amigo fez uma mesura e sorriu.

– Sr. Sandeford, de Reading, presumo?

– Sim, senhor. Lamento estar um pouco atrasado, mas tive contratempos com os trens. O senhor me escreveu a respeito de um certo busto que possuo.

– Exatamente.

– Tenho sua carta aqui comigo. O senhor escreveu: "Desejo possuir uma réplica do busto de Napoleão de Dervine e estou disposto a pagar dez libras pela estátua que lhe pertence". É isso mesmo?

– Com certeza.

– Fiquei muito surpreso com sua carta, pois não consegui descobrir como o senhor soube que eu possuía o busto.

– Claro que o senhor deve ter ficado surpreso, mas a explicação é muito simples. O sr. Harding, dos irmãos Harding, contou-me que eles tinham vendido ao senhor a última cópia e me deu seu endereço.

– Oh, então foi assim? Ele disse quanto paguei por ela?

– Não, não disse.

– Bem, sou um homem honesto, ainda que não

seja rico. Paguei apenas quinze *shillings* pelo busto, e gostaria que o senhor soubesse disso antes de eu aceitar suas dez libras por ele.

– Sua honestidade muito lhe honra, sr. Sandeford. Mas fui eu quem fez a oferta, e pretendo mantê-la.

– É muito gentil de sua parte, sr. Holmes. Eu trouxe o busto comigo, conforme o senhor pediu. Aqui está ele!

O homem abriu a bolsa e finalmente vimos um exemplar inteiro do busto que já por várias vezes tínhamos visto despedaçado.

Holmes colocou uma nota de dez libras sobre a mesa e tirou um papel de seu bolso.

– Por gentileza, sr. Sandeford, assine este papel na presença destas testemunhas. Ele diz apenas que o senhor transfere todos os direitos que já teve sobre este busto para mim. Sou um homem metódico, como o senhor pode ver, e nunca se pode saber que rumo os acontecimentos podem tomar. Obrigado, sr. Sandeford; aqui está seu dinheiro, e desejo-lhe uma ótima noite.

Quando nosso visitante foi embora, a maneira de proceder de Sherlock Holmes chamou a nossa atenção. Ele começou por pegar um pano de mesa branco de uma gaveta e estendê-lo sobre a mesa. Então pegou seu chicote e, com o cabo dele, desferiu um forte golpe no topo do busto. A estátua quebrou-se em diversos fragmentos, e no momento seguinte, com um grito de triunfo, ele apanhou uma lasca de gesso na qual estava preso um objeto redondo e escuro, como uma ameixa em um pudim.

– Cavalheiros – gritou ele –, permitam que eu os apresente à famosa pérola negra dos Bórgias!

Lestrade e eu permanecemos sentados por um instante e, subitamente, começamos a bater palmas, como se assistíssemos ao desfecho bem-elaborado de uma peça teatral. As faces pálidas de Holmes ganharam cor, e ele se curvou como o dramaturgo que recebe os aplausos da platéia. Era em momentos como aquele que deixava de ser uma máquina calculista e era possível entrever seu gosto pela admiração e pelos aplausos. A mesma figura orgulhosa e reservada que desprezava a fama e a publicidade comovia-se profundamente com a admiração e o elogio vindos de um amigo.

– Sim, cavalheiros – prosseguiu –, esta é a pérola mais famosa do mundo atualmente, e foi sorte minha poder rastreá-la, graças a um encadeamento de raciocínio indutivo, desde o seu desaparecimento no quarto do príncipe de Calonna, no hotel Dacre, até o interior do último dos seis bustos fabricados pela Gelder & Co., de Stepney. Watson, você certamente se lembra da sensação causada pelo desaparecimento desta jóia valiosíssima e dos inúteis esforços da polícia de Londres para recuperá-la. Chegaram a me consultar sobre o caso, mas fui incapaz de solucioná-lo. A principal suspeita era a aia da princesa, que era italiana, e chegou-se a provar que ela tinha um irmão em Londres, mas não pudemos estabelecer nenhuma conexão entre os dois. O nome da aia era Lucretia Venucci, e não tenho dúvidas de que o Pietro assassinado duas noites atrás era seu irmão. Dei uma olhada nas datas em nosso arquivo de jornais velhos e descobri que o desaparecimento da pérola deu-se exatamente dois dias antes de Beppo ser preso por um crime violento – o que ocorreu na fábrica da Gelder & Co., no momento em que os bustos estavam sendo montados. Agora é fácil para os senhores ver o desdobramento dos fatos, ainda que os vejam, é claro, na ordem inversa à que se apresentaram a mim. A pérola estava em poder de Beppo. Ele pode tê-la roubado de Pietro, pode ter sido aliado de Pietro, pode ter sido o elo entre Pietro e sua irmã – mas pouco importa qual dessas é a explicação correta. O fato é que, no momento em que era perseguido pela polícia, ele tinha a pérola consigo. Ele se dirigiu à fábrica onde trabalhava sabendo que teria poucos minutos para ocultar a valiosíssima jóia, que então não seria encontrada durante a revista. Seis bustos de Napoleão estavam secando no corredor. Um deles ainda estava mole. Beppo, que era um trabalhador habilidoso, não levou mais que alguns instantes para fazer um pequeno furo no gesso fresco, onde depositou a pérola. Com alguns retoques, cobriu novamente a abertura. Era um esconderijo admirável, e ninguém jamais o descobriria. Mas Beppo foi condenado a um ano de prisão, e nesse ínterim os seis bustos espalharam-se por Londres. Ele não tinha como saber qual deles continha seu tesouro a não ser quebrando-os. Nem mesmo ao chacoalhá-los poderia descobrir, pois era muito provável que a pérola tivesse grudado no gesso, já que este estava fresco quando a escondeu – como de fato aconteceu. Mas Beppo não desanimou e continuou sua busca com astúcia e perseverança. Graças a um primo que trabalha com Gelder, descobriu as lojas que haviam adquirido os bustos. Então deu um jeito de conseguir um emprego na loja de Morse Hudson, e assim rastreou três dos bustos. Mas a pérola não estava lá. Então, com a ajuda de um empregado da loja que era italiano, descobriu onde os três bustos restantes tinham ido parar. O primeiro estava com Harker. Na casa deste, o ex-aliado de Beppo, que o culpava pela perda da pérola, preparou-lhe uma emboscada e foi morto no tumulto que se seguiu.

– Se eles eram aliados, por que a fotografia? – perguntei.

– Era uma forma de localizá-lo, caso quisesse perguntar a outras pessoas se o tinham visto. Este é o motivo óbvio. Bem, após o assassinato, calculei que Beppo fosse intensificar suas atividades, temendo que a polícia pudesse decifrar seu segredo. Claro, eu não tinha como saber que ele não havia achado a pérola no busto de Harker, ou sequer que era a pérola que ele procurava; mas era evidente que estava procurando alguma coisa, uma vez que carregou o busto até uma outra casa para quebrá-lo em um local iluminado. Como o busto de Harker era um dos três restantes, as chances de a pérola estar dentro dele eram exatamente as que eu havia previsto – uma em três. Sobraram então dois bustos, e era óbvio que ele tentaria a sorte com o de Londres primeiro. Avisei os moradores da casa, para evitar uma tragédia, e nos dirigimos para lá, com ótimos resultados. A essas alturas, eu já tinha certeza de que o que estávamos procurando era a pérola dos Bórgias. O nome do homem assassinado ligava os dois casos. Restava somente um busto – o de Reading –, e a pérola tinha de estar nele. Comprei-o do dono na presença de vocês – e aí ela está.

Ficamos sentados em silêncio por um instante.

– Bem – disse Lestrade –, já vi o senhor cuidar muito bem de diversos casos, sr. Holmes, mas nunca de forma tão profissional. Não sentimos inveja do senhor na Scotland Yard. Não, sentimos muito orgulho, e se nos fizer uma visita amanhã, não haverá um homem sequer, desde o inspetor mais velho até o chefe de polícia mais jovem, que não se sentirá honrado ao apertar a sua mão.

– Obrigado! – disse Holmes. – Obrigado!

Quando se virou, tive a impressão de que estava mais comovido do que eu jamais havia visto. No instante seguinte, já havia voltado ao seu estado normal frio e calculista.

– Coloque a pérola no cofre, Watson, e pegue os papéis referentes ao caso de falsificação de Conk-Singleton. Adeus, Lestrade. Se qualquer outro probleminha o perturbar, ficarei feliz em dar uma ou outra dica para ajudar na solução.

Os três estudantes

No ano de 1895, por motivos que agora não vêm ao caso, Sherlock Holmes e eu passamos algumas semanas em uma de nossas grandes cidades universitárias. Foi durante nossa estada que aconteceu a pequena, porém instrutiva, aventura que estou prestes a narrar. Qualquer detalhe que permita ao leitor identificar com precisão a instituição ou o criminoso relacionados ao caso seria indiscreto e ofensivo. E um escândalo como esse bem que merece ser deixado de lado. Entretanto, com a discrição necessária, o incidente pode perfeitamente ser relatado, já que serve para ilustrar algumas das características que faziam de meu amigo uma pessoa tão extraordinária. Em meu relato, procurei esforçar-me para não revelar nenhuma circunstância desse evento que possa servir para associá-lo a qualquer lugar específico ou às pessoas nele envolvidas.

Na época, morávamos em um quarto mobiliado próximo a uma biblioteca onde Sherlock Holmes estava fazendo pesquisas laboriosas sobre antigos documentos ingleses – pesquisas que, aliás, levaram a resultados tão marcantes que futuramente posso dedicar-lhes uma de minhas narrativas.

Certa noite, recebemos a visita de um conhecido, o sr. Hilton Soames, tutor e conferencista do College of St. Luke's. Era um homem alto e magro, de temperamento nervoso e irritável. Eu sempre soube desse seu jeito irrequieto, mas nessa ocasião ele estava em um estado de agitação incontrolável que deixava claro que algo muito incomum havia ocorrido.

– Sr. Holmes, pode me ceder algumas horas de seu tempo valioso? Tivemos um incidente doloroso no St. Luke's, e sinceramente, se não fosse a sorte de o senhor estar na cidade, eu não saberia o que fazer.

– Estou muito ocupado agora e quero evitar distrações – meu amigo respondeu. – Prefiro que o senhor peça ajuda à polícia.

– Não, não, meu caro senhor; tal coisa está fora de cogitação. Uma vez que se invoca a lei, ela não pode mais ser detida, e este é precisamente um daqueles casos em que é de interesse do nosso departamento evitar um escândalo. Sua discrição é tão famosa quanto sua eficiência, e o senhor é o único homem em todo o mundo que pode me ajudar. Imploro-lhe, sr. Holmes, para que nos ajude como puder.

O temperamento de meu amigo não havia melhorado desde que havíamos deixado os agradáveis arredores da Baker Street. Sem seus cadernos de anotações e seus produtos químicos e sem a bagunça da sua casa, sentia-se desconfortável. Ele deu de ombros de maneira pouco educada, enquanto nosso visitante, com gestos agitados e uma torrente de palavras, deu vazão à sua história.

– Devo explicar, sr. Holmes, que amanhã é o primeiro dia de exames para a bolsa de estudos Fortescue. Eu sou um dos examinadores. Sou professor de grego, e o primeiro exame consiste em uma tradução de um longo texto em grego que o candidato jamais viu. Essa passagem está impressa no exame, e naturalmente seria uma vantagem imensa se o candidato pudesse preparar sua tradução com antecedência. Assim, toma-se muito cuidado para que seja mantido sigilo sobre o assunto. Hoje, por volta das três horas, recebi as provas do texto, que compreende meio capítulo de Tucídides. Li atentamente, pois o texto precisa estar absolutamente correto.

Às quatro e meia, minha tarefa ainda não estava terminada, mas eu tinha combinado de tomar chá com um amigo e então saí, deixando as provas sobre minha mesa. O senhor sabe que as portas de nossos prédios são duplas – a porta interna, de baeta, e a externa, de carvalho. Ao voltar para minha sala, fiquei surpreso ao ver uma chave na fechadura da porta externa. Por um breve instante, imaginei que a tinha esquecido ali, mas apalpei meu bolso e vi que minha chave estava comigo. Até onde eu sabia, a única pessoa a ter uma duplicata era meu empregado, Bannister, um homem que cuida da minha sala há dez anos, acima de qualquer suspeita. Descobri que a chave na porta era a dele e, que por descuido, a esquecera na fechadura após entrar para me oferecer chá. Essa visita deve ter acontecido minutos depois da minha saída. Em outras ocasiões, um pequeno esquecimento como esse pouco importaria, mas hoje ele teve conseqüências deploráveis. No momento em que olhei para a minha mesa, eu soube que alguém havia folheado meus papéis. As provas constavam de três longas tiras de papel, que eu havia deixado juntas. Então vi que uma estava no chão, uma, na mesa perto da janela e a outra estava no lugar onde eu as tinha deixado.

Holmes esboçou um movimento.

– A primeira página, no chão, a segunda, junto à janela e a terceira, onde o senhor havia deixado.

– Exatamente, sr. Holmes. O senhor me impressiona. Como poderia saber disso?

– Por favor, continue seu interessantíssimo relato.

– Por um instante, imaginei que Bannister tivesse tomado a liberdade imperdoável de examinar meus papéis. Ele negou, no entanto, e com tal veemência, que me convenci de que falava a verdade. A alternativa restante era que alguém, ao passar, tivesse visto a chave na porta e, sabendo que eu estava ausente, tivesse entrado para olhar os papéis. Uma grande quantia de dinheiro está em jogo, pois o valor da bolsa é elevado, e um homem sem escrúpulos poderia muito bem correr esse risco para ganhar vantagem sobre seus concorrentes. Bannister ficou muito perturbado com o incidente. Quase desmaiou quando descobrimos que sem dúvida alguém havia mexido nos papéis. Dei-lhe um pouco de *brandy* e o deixei prostrado em uma cadeira enquanto eu examinava a sala mais atentamente. Logo vi que o intruso deixara outros traços de sua visita além dos papéis amarrotados. Na mesa ao lado da janela havia diversas lascas de um lápis que fora apontado. Uma ponta quebrada de grafite também estava lá. Claramente, o patife copiava o papel com muita pressa quando a ponta do lápis quebrou e ele precisou refazê-la.

– Excelente! – disse Holmes, que pouco a pouco ia recuperando seu bom humor, à medida que o caso o entretinha. – A sorte estava ao seu lado, sr. Soames.

– Isso não é tudo. Tenho uma escrivaninha nova, revestida de couro vermelho. Juro, e Bannister é testemunha, que ela estava lisa e sem manchas. Agora, há nela um corte de uns oito centímetros – não apenas um arranhão, mas de fato um corte. Além disso, encontrei na mesa uma bolinha de argila salpicada de algo que me parece ser serragem. Estou convencido de que essas marcas foram deixadas pelo homem que remexeu os papéis. Não havia pegadas ou qualquer outra evidência de sua identidade. Já não sabia mais o que pensar, quando felizmente me lembrei de que o senhor estava na cidade e apressei-me a vir deixar o caso em suas mãos. Ajude-me, sr. Sherlock Holmes! O senhor está vendo meu dilema. Ou eu encontro esse homem, ou o exame precisará ser adiado até que uma nova prova seja preparada, e, uma vez que não se pode fazer isso sem se dar alguma explicação, o resultado será um escândalo estrondoso que irá manchar não apenas a imagem do nosso departamento, mas a da universidade como um todo. Acima de tudo, desejo que o caso seja resolvido rápida e discretamente.

– Ficarei feliz em investigar e dar-lhe os pareceres que puder – disse Holmes, erguendo-se e vestindo seu sobretudo. – Esse caso não é de todo mau. Alguém o visitou, depois que recebeu os papéis?

– Sim, o jovem Daulat Ras, um estudante indiano que mora no mesmo andar e veio pedir detalhes sobre a prova.

– É um dos candidatos?

– Sim.

– E os papéis estavam sobre a sua mesa?

– Até onde me lembro, estavam enrolados.

– Seria possível reconhecê-los como provas?

– Talvez.

– Não havia mais ninguém na sala?

– Não.

– Alguém sabia que essas provas estariam lá?

– Ninguém além do tipógrafo.

– Esse tal de Bannister sabia?

– Não, com certeza não. Ninguém sabia.

– E onde Bannister encontra-se agora?

– Pobre homem, estava sentindo-se muito mal! Deixei-o jogado na cadeira. Eu tinha muita pressa para falar com o senhor.

– O senhor deixou sua porta aberta?

– Coloquei os papéis no cofre.

– Então chegamos à seguinte conclusão, sr. Soames: a não ser que o estudante indiano tenha reconhecido os rolos como sendo provas, a pessoa que mexeu neles os encontrou por acaso, sem saber que estariam lá.

– É o que me parece.

Holmes deu um sorriso enigmático.

– Bem – disse ele –, vamos dar uma olhada. Não é um de seus casos, Watson – não se trata de uma questão física, mas mental. Muito bem: acompanhe-nos se assim desejar. Agora, sr. Soames – à sua disposição!

Uma janela ampla e baixa na sala de espera de nosso cliente dava para o pátio, antigo e coberto de musgos. Uma porta encimada por um arco gótico conduzia a uma gasta escada de pedra. No primeiro piso, ficava a sala do tutor. Acima, moravam três estudantes, um em cada andar. Já escurecia quando chegamos à cena de nosso caso. Holmes deteve-se e olhou impassivelmente para a janela. Então se aproximou e, na ponta dos pés e espichando o pescoço, olhou para dentro da sala.

– Ele deve ter entrado pela porta, pois não há outro acesso – disse nosso experiente guia.

– Ora, meu caro! – disse Holmes, enquanto sorria de uma forma singular para o nosso companheiro. – Bem, se não há nada para descobrirmos por aqui, é melhor entrarmos de uma vez.

O professor destrancou a porta externa e conduziu-nos ao interior da sala. Paramos logo na entrada, onde Holmes examinou o tapete.

– Receio que não haja sinais por aqui – disse ele. – Seria difícil encontrá-los em um dia tão seco. Parece que seu empregado já se refez do susto. O senhor afirmou tê-lo deixado em uma cadeira; qual delas?

– Aquela ao lado da janela.

– Estou vendo. Perto da mesinha. Podem entrar agora. Já terminei de examinar o tapete. Vejamos a mesinha. O que aconteceu está bem claro: o homem entrou e pegou os papéis de cima da mesa de centro, folha por folha. Levou-as até a mesinha da janela porque dali poderia ver o senhor se aproximando pelo pátio e assim teria tempo de escapar.

– Na verdade, não, pois eu entrei pela porta lateral.

– Ah, isso é importante! Bem, de qualquer forma, ele pensou nisso. Deixe-me ver as três folhas. Não há impressões digitais – nenhuma! Bem, ele pegou esta aqui e a copiou. Quanto tempo levaria para fazer isso, ainda que abreviasse todas as palavras possíveis? No mínimo, um quarto de hora. Então, jogou-a no chão e pegou a folha seguinte. Estava na metade dela quando o senhor, que retornava, obrigou-o a bater em retirada – de forma *muito* apressada, já que sequer teve tempo de reorganizar os papéis para que a invasão não fosse percebida. O senhor não ouviu nenhum som de passos nas escadas, ao entrar pela porta externa?

– Não, creio que não.

– Bem, ele escreveu com tanto ímpeto que quebrou a ponta do lápis e, como o senhor mesmo notou, teve de apontá-lo. Isso é importante, Watson. O lápis não era convencional. Era maior do que o normal, com um grafite mais macio; a cor exterior era azul, e a marca do fabricante estava impressa em letras prateadas. O pedaço que sobrou mede no máximo quatro centímetros. Procure esse lápis, sr. Soames, e terá achado o seu homem. Creio ser de seu interesse saber que ele também tem uma faca grande e cega.

Eram muitas informações para o sr. Soames absorver de uma só vez.

– Entendo o que diz, mas sinceramente, isso a respeito do comprimento do lápis...

Holmes estendeu-lhe uma pequena lasca onde se podiam ver as letras NN e um pedacinho de madeira.

– Está vendo isto?

– Creio que mesmo assim...

– Watson, o que acha que esse NN poderia ser? É o final de uma palavra. Você certamente sabe que o nome do fabricante dos lápis mais comuns é Johann Faber. Será que não está claro que tudo o que resta do lápis é a parte que vem depois de "Johann"?

Holmes virou a mesa de lado, contra a luz elétrica.

– Eu esperava que o papel em que ele escreveu fosse fino o suficiente para deixar alguma marca sobre esta superfície polida, mas não vejo nada. Creio que não há mais coisa alguma a descobrir por aqui. Vamos agora à mesa no centro. E esta bolinha deve ser a massa escura a que o senhor havia se referido. Levemente piramidal e oca, conforme percebo. Como disse, parece haver grãos de serragem aqui. Ora, isso é muito interessante! E o corte – na verdade é um rasgo. Começa com um leve arranhão e vira um buraco irregular. Sinto-me muito grato por ter chamado minha atenção para esse caso, sr. Soames. Para onde leva aquela porta?

– Para o meu quarto.

– O senhor já entrou ali, desde o início desta aventura?

– Não, fui imediatamente atrás do senhor.

– Eu gostaria de dar uma olhada nele. Que quarto à moda antiga mais encantador! O senhor faria a gentileza de aguardar um momento enquanto inspeciono o chão? Não, não vejo nada. E esta cortina? É aqui que o senhor pendura suas roupas. Se alguém se escondesse neste quarto, teria de ser aqui atrás, pois a cama é muito baixa, e o roupeiro, pouco profundo. Não há ninguém aqui?

Ao abrir a cortina, percebi, por sua atitude, que Holmes estava preparado para uma emergência. Mas a verdade é que a cortina não nos revelou nada a não ser três ou quatros conjuntos de roupa pendurados em cabides. Holmes virou-se e subitamente se inclinou em direção ao piso.

– Ah-rá! O que é isto?

Era um pequeno montinho em forma de pirâmide de uma substância negra, de aparência pastosa, exatamente como aquela sobre a mesa. Holmes colocou-a na palma da mão, sob a luz.

– Parece que o seu visitante também deixou vestígios em seu quarto, sr. Soames.

– Mas o que poderia querer aqui?

– A mim parece claro. O senhor chegou de forma inesperada, e assim ele não o estava esperando quando chegou à porta. O que ele poderia fazer? Apenas pegar tudo o que pudesse trair sua presença aqui e correr para se esconder no seu quarto.

– Por Deus, está querendo dizer que durante todo o tempo que eu falei com Bannister o homem era nosso prisioneiro sem que soubéssemos?

– É o que acho.

– Será que não há outra explicação? O senhor já examinou a janela do meu quarto?

– Janela de treliça com estrutura de chumbo em três partes, uma das quais montada sobre uma dobradiça e larga o suficiente para que um homem possa passar.

– Exatamente. E o ângulo em relação ao pátio a deixa pouco à vista. O homem pode ter entrado por ali, deixado essas pistas ao passar pelo quarto e finalmente, ao encontrar a porta aberta, pode ter saído.

Holmes balançou a cabeça, impaciente.

– Vamos ser mais práticos. Entendo que há três estudantes que usam esta escada e que costumam passar diante da sua porta.

– Sim, é verdade.

– E todos eles prestarão o exame?

– Sim.

– O senhor teria razões para suspeitar de algum deles em especial?

Soames hesitou.

– É uma questão delicada. Não gostaria de levantar suspeitas quando não há provas.

– Vamos ouvir as suspeitas. Mais tarde, irei atrás das provas.

– Então vou lhe contar, em poucas palavras, a respeito da personalidade dos estudantes que habitam estes quartos. No primeiro andar, está Gilchrist, bom aluno e atleta; joga nos nossos times de rúgbi e críquete e recebeu medalhas em salto em distância e corrida com obstáculos. É um homem educado e viril. Seu pai era o notório *sir* Jabez Gilchrist, que arruinou a vida no turfe. Ao meu aluno restou a pobreza, mas ele é batalhador e dedicado e terá um bom futuro.

"O segundo andar é ocupado por Daulat Ras, o indiano. Ele é quieto e reservado, como a maioria dos indianos. Faz um excelente trabalho, ainda que o grego seja seu fraco. Ele é metódico e inabalável.

"O terceiro andar é o de Miles McLaren. É um sujeito brilhante quando decide trabalhar – um dos maiores intelectos de nossa universidade; mas é caprichoso, não tem princípios e gasta seu tempo com distrações de todas as espécies. Quase foi expulso por causa de um escândalo envolvendo jogatina em seu primeiro ano aqui. Neste semestre, ficou apenas vadiando, e deve esperar o pior de seu exame."

– Então é dele que o senhor suspeita?

– Não chego a esse ponto; digamos apenas que, dos três, é o menos insuspeito.

– Exatamente. Agora, sr. Soames, vamos dar uma olhada em seu empregado, Bannister.

Ele era um sujeito pequeno, de rosto claro, barba bem-feita e cabelos grisalhos. Ainda estava perturbado por essa mudança súbita em sua calma rotina. Dava para ler o nervosismo em seu rosto cheio, e seus dedos não paravam quietos.

– Estamos investigando este acontecimento infeliz, Bannister – disse o patrão.

– Sim, senhor.

– Creio que deixou sua chave na porta? – perguntou Holmes.

– Sim, senhor.

– Não seria o cúmulo do azar que isso acontecesse justamente no dia em que os papéis sumiram?

– Foi uma desgraça, senhor. Mas o mesmo já ocorreu em outras ocasiões.

– Quando entrou na sala?

– Por volta das quatro e meia. É a hora do chá do sr. Soames.

– Quanto tempo ficou lá dentro?

– Fui embora assim que percebi sua ausência.

– O senhor olhou os papéis que estavam sobre a mesa?

– Não, senhor; definitivamente não.

– Como foi que esqueceu a chave na porta?

– Minhas mãos estavam ocupadas segurando a bandeja com o chá, então pensei em deixá-la ali e voltar para buscá-la em seguida. Mas esqueci.

– A fechadura da porta externa tem trava?

– Não, senhor.

– Então ela ficou aberta o tempo todo?

– Sim, senhor.

– Qualquer um que estivesse na sala poderia ter saído?

– Sim, senhor.

– Quando o sr. Soames retornou e chamou-o, o senhor ficou muito perturbado?

– Sim, senhor. Nada parecido jamais aconteceu durante os muitos anos em que trabalho aqui. Quase desmaiei.

– Acredito. Onde o senhor estava quando começou a sentir-se mal?

– Onde eu estava? Ora, perto da porta, senhor.

– É estranho, pois o senhor sentou-se naquela cadeira lá no outro canto. Por que passou por estas aqui?

– Não sei, senhor. Não me pareceu importante o lugar onde eu ia sentar.

– De fato, não acho que ele saiba muito a respeito, sr. Holmes. Ele estava com um aspecto terrível.

– O senhor ficou aqui quando seu patrão saiu?

– Só por um ou dois minutos. Depois disso, tranquei a porta e fui para o meu quarto.

– De quem o senhor suspeita?

– Oh, não me atrevo a dar palpites, senhor. Não creio que haja algum cavalheiro aqui na universidade que pudesse se beneficiar de um ato desses. Não, senhor: recuso-me a acreditar.

– Obrigado; já basta – disse Holmes. – Oh, apenas mais uma coisa. O senhor mencionou a algum dos três cavalheiros que algo desapareceu?

– Não, senhor, nem uma palavra.

– O senhor não os viu?

– Não, senhor.

– Muito bem. Agora, sr. Soames, iremos dar uma volta no pátio, se não se importar.

Três quadrados iluminados erguiam-se acima de nós ao entardecer.

– Os três pássaros estão em seus ninhos – disse Holmes ao olhar para cima. – Ahá! Mas o que é aquilo? Um deles parece estar bem inquieto.

Era o indiano, cuja silhueta subitamente apareceu projetada na cortina. Ele andava rapidamente para cima e para baixo em seu quarto.

– Gostaria de dar uma espiada neles – disse Holmes. – Será possível?

– Sem problemas – respondeu Soames. – Estes quartos são dos mais antigos por aqui, e é comum que os visitantes queiram vê-los. Venham comigo, posso guiá-los pessoalmente.

– Nada de nomes, por favor! – pediu Holmes, ao batermos na porta de Gilchrist.

Um sujeito alto, magro e de cabelos louros abriu a porta e recebeu-nos amigavelmente quando soube do motivo de nossa visita. Lá dentro, havia itens curiosos da arquitetura doméstica medieval. Holmes encantou-se de tal forma com um deles que insistiu em desenhá-lo em seu caderno, quebrou seu lápis, pegou outro emprestado de nosso anfitrião e, finalmente, pediu uma faca para apontar o seu. O mesmo acidente curioso acometeu-lhe nos aposentos do indiano – sujeito quieto e de nariz aquilino, que nos olhava de soslaio e que não escondeu sua satisfação ao saber que os estudos arquitetônicos de Holmes haviam terminado. Não percebi que, em ambos os casos, Holmes encontrara a pista que estava buscando. Somente a terceira visita mostrou-se infrutífera. A porta não foi aberta quando batemos, e nada além de uma torrente de impropérios saiu lá de dentro. – Não me importa quem sejam; vão para o inferno! – berrava a voz enraivecida. – Amanhã prestarei o exame, e ninguém será páreo para mim!

– É um sujeito grosseiro – disse nosso guia, vermelho de raiva, ao afastarmo-nos das escadas. – Claro que ele não sabia que era eu quem estava batendo, mas de qualquer forma diria que sua conduta foi descortês, e até mesmo suspeita, dadas as circunstâncias.

A reação de Holmes foi curiosa.

– O senhor saberia me dizer a altura exata desse homem?

– Sinceramente, sr. Holmes, não posso afirmar que sim. Ele é mais alto que o indiano, mas não tanto quanto Gilchrist. Acho que deve medir cerca de um metro e setenta.

– É uma informação muito valiosa – disse Holmes. – E agora, sr. Soames, desejo-lhe boa noite.

– Por Deus, sr. Holmes, não acredito que vá me abandonar de forma tão abrupta! O senhor parece não se dar conta da situação. Amanhã é o exame. Devo tomar alguma decisão hoje à noite. Não posso permitir que o exame aconteça se alguém mexeu nos papéis. É preciso encarar a situação.

– Deixe-a como está. Aparecerei amanhã de manhã para conversarmos sobre isso. É possível que até lá eu tenha alguma informação que o ajude a decidir. Nesse meio tempo, não mude nada – absolutamente nada.

– Muito bem, sr. Holmes.

– Pode ficar tranqüilo. Vamos dar um jeito de tirá-lo desta dificuldade. Vou levar a massa escura comigo e também as aparas de lápis. Até amanhã.

Ao sairmos para a escuridão do pátio, olhamos novamente para as janelas. O indiano ainda perambulava em seu quarto. Os outros não estavam ao alcance de nossa visão.

– Bem, Watson, o que acha disso tudo? – perguntou Holmes quando saímos na rua principal. – Parece um jogo de salão, uma espécie de truque das três cartas, não acha? Lá estão seus três homens. Deve ser um deles. Qual você escolhe?

– O desbocado do andar superior. É quem tem o pior histórico. Mas o indiano pareceu-me dissimulado também. Por que estaria andando pelo quarto todo esse tempo?

– Não tem nada de mais. Muitas pessoas fazem isso quando estão tentando memorizar alguma coisa.

– Ele nos olhou de um jeito esquisito.

– Você faria o mesmo se um bando de estranhos entrasse em sua casa quando está se preparando para um exame no dia seguinte e cada minuto é importante. Não vejo nada de mais. Os lápis e as facas – tudo normal. Mas há *um* sujeito que me deixou intrigado.

– Quem?

– Ora, Bannister, o empregado. Qual a participação dele nessa história?

– A impressão que tive foi a de um homem perfeitamente honesto.

– Eu também. E isso é o que me intriga. Por que um homem perfeitamente honesto... bem, bem, eis aqui uma grande papelaria. Vamos começar nossas pesquisas por aqui.

Havia somente quatro papelarias importantes na cidade, e em cada uma delas Holmes mostrou suas aparas e fez o que pôde para conseguir um lápis idêntico. Todos foram unânimes em dizer que seria possível obter um, mas que não era um tamanho comum de lápis, e por isso era raro tê-lo em estoque. Meu amigo não pareceu chatear-se com seu fracasso e deu de ombros com resignação, mas ainda bem-humorado.

– Não deu, meu caro Watson. Essa, que era nossa última e melhor pista, não deu em nada. Mas a verdade é que creio podermos continuar no caso sem ela. Por Júpiter!, meu amigo, já são quase nove horas, e a nossa senhoria havia resmungado qualquer coisa a respeito de ervilhas servidas às sete e meia. Watson, graças à sua fixação por tabaco e sua impontualidade às refeições, creio que em breve será despejado, e temo partilhar de sua decadência, mas não sem antes resolvermos o caso do tutor, do empregado descuidado e dos três alunos industriosos.

Holmes não fez mais alusões ao caso durante o dia, ainda que estivesse pensativo, após nosso jantar tardio. Às oito da manhã, adentrou meu quarto enquanto eu terminava de me vestir.

– Bem, Watson, já era hora de estarmos no St. Luke's. Você pode ir sem café?

– Claro.

– Soames ficará numa impaciência só até que lhe contemos alguma coisa.

– E você tem algo para lhe contar?

– Acho que sim.

– Chegou a alguma conclusão?

– Sim, meu caro Watson; resolvi o mistério.

– Mas que nova evidência obteve?

– Ahá! Você acha que eu me levanto às seis da manhã sem motivo? Venho trabalhando duro há duas horas, percorri pelo menos oito quilômetros, e isso me rendeu frutos. Veja só!

Ele estendeu a mão. Em sua palma, três pequenas pirâmides de uma massa pastosa e negra.

– Ora essa, Holmes! Ontem você só tinha duas!

– Mais a que consegui esta manhã. E me parece um bom argumento que as outras duas tenham vindo do mesmo lugar onde obtive a terceira. Não é, Watson? Bem, venha comigo: vamos acabar com o sofrimento de Soames.

O infeliz tutor estava em um estado lamentável quando o encontramos em seus aposentos. O exame começaria em poucas horas e ele ainda estava no seguinte dilema: tornar os fatos públicos ou permitir que o culpado concorresse à valiosa bolsa? Não conseguia parar quieto, tamanha era sua agitação mental, e correu em direção a Holmes com os braços estendidos.

– Graças aos céus chegou! Temi que tivesse nos abandonado sem esperanças. O que devo fazer? Devo permitir que o exame aconteça?

– Sim, proceda com ele a qualquer custo.

– Mas e o patife...?

– Ele não vai concorrer.

– Sabe quem ele é?

– Acho que sim. E se não queremos que esse assunto se torne público, devemos nos investir de certos poderes e tomar uma decisão em uma pequena corte marcial. Fique ali, por gentileza, Soames! Watson, você fica aqui! Eu vou ficar na poltrona do meio. Creio que assim estamos suficientemente imponentes para provocar terror em uma consciência pesada. Por favor, soem a sineta!

Bannister entrou e encolheu-se, visivelmente surpreso e amedrontado por nossa aparência judicial.

– Faça o favor de fechar a porta – disse Holmes. – Agora, Bannister, poderia contar a verdade a respeito do incidente de ontem?

O homem empalideceu até a raiz dos cabelos.

– Já lhe contei tudo, senhor.

– Nada a acrescentar?

– Absolutamente nada, senhor.

– Bem, então me sinto na obrigação de fazer-lhe algumas perguntas. Quando sentou-se na cadeira ontem, tinha a intenção de esconder algum objeto que pudesse ter indicado que alguém esteve no aposento?

Dava para ver o pavor na expressão de Bannister.

– Não, certamente que não, senhor.

– É apenas uma pergunta – disse Holmes, suavemente. – Eu admito, francamente, que não tenho como provar isso. Mas parece muito provável, já que no momento que o sr. Soames se virou, o senhor ajudou o homem que estava se escondendo no quarto a fugir.

Bannister lambeu os lábios secos.

– Não havia homem nenhum lá, senhor.

– Ah, que pena, Bannister. Até este momento, você pode ter falado a verdade, mas agora eu sei que mentiu.

O rosto do homem tornou-se sombriamente desafiante.

– Não havia homem nenhum lá, senhor.

– Vamos lá, vamos lá, Bannister.

– Não, senhor, não havia ninguém.

– Nesse caso, você não tem mais informações para nos dar. Você pode permanecer aqui, por favor? Fique em pé, junto da porta do quarto. Agora, Soames, peço-lhe que tenha a bondade de ir até o quarto do jovem Gilchrist e peça que ele venha até aqui.

Poucos instantes depois o tutor retornou, trazendo consigo o estudante. Era uma bela figura: alto, gracioso e ágil, de passo ligeiro e uma expressão aberta e agradável. Seus olhos azuis, perturbados, dardejaram em nossa direção e finalmente repousaram com uma expressão consternada sobre Bannister, no canto oposto.

– Apenas feche a porta – disse Holmes. – Bem, sr. Gilchrist, estamos a sós, e ninguém precisa saber de uma palavra sequer que seja proferida aqui. Podemos ser perfeitamente francos um com o outro. Gostaríamos de saber como o senhor, homem honrado, pôde ser capaz de um ato tal como o que se passou ontem.

O desgraçado jovem deu um passo para trás e lançou um olhar cheio de horror e desaprovação na direção de Bannister.

– Não, não, senhor Gilchrist; eu não disse nada, nem uma palavra! – gritou o criado.

– É verdade, mas acabou de dizer – respondeu Holmes. – Bem, agora o senhor deve entender que sua posição é comprometedora e que não há alternativa a não ser confessar.

Por um momento, Gilchrist, de punho em riste, tentou manter o controle. Seu rosto contorcia-se. No momento seguinte, havia se atirado de joelhos ao lado da mesa e, com o rosto enterrado em suas mãos, irrompeu em uma tempestade de choro incontrolável.

– Vamos, vamos! – disse Holmes. – Errar é humano, e se serve de consolo, pelo menos sabemos que o senhor não é um criminoso frio. Talvez fosse melhor se eu contasse ao sr. Soames o que ocorreu, e o senhor apenas corrigisse meus enganos. Que tal? Bem, bem, não se incomode em responder. Ouça e veja que não lhe farei injustiças.

"Sr. Soames, desde o momento em que para mim afirmou que ninguém, nem mesmo Bannister, poderia ter sabido que os papéis estavam em sua sala, o caso já começou a tomar forma em minha mente. O tipógrafo não era suspeito, já que ele poderia ter examinado os papéis em seu escritório. O indiano também não levantou nenhuma suspeita. Se os papéis estavam enrolados sobre a mesa, ele não teria como saber o que eram. Por outro lado, parecia uma coincidência absurda que alguém se atrevesse a entrar na sala e que, por acaso, justamente nesse dia, os papéis estivessem sobre a mesa. O homem que entrou na sala sabia onde eles estavam. Como?

"Quando me aproximei de sua sala, examinei a janela. O senhor me divertiu ao supor que eu estivesse considerando a possibilidade de alguém ter, em plena luz do dia e diante de todos aqueles nas janelas em frente, forçado a entrada através dela. Era uma idéia absurda. O que eu estava medindo era o quão alto um homem precisaria ser para, ao passar pela janela, conseguir enxergar os papéis que estavam sobre a mesa. Eu meço pouco mais de um e oitenta e posso fazê-lo sem esforço algum. Alguém mais baixo do que isso não teria chances de fazer o mesmo. Já a essas alturas eu tinha motivos para crer que, se um de seus alunos tivesse uma altura incomum, ele seria o mais suspeito de ter espiado.

"Entrei na sala e revelei ao senhor minhas idéias a respeito da mesinha. Não me ocorreu nada a respeito da mesa de centro, até que em sua descrição a respeito de Gilchrist o senhor mencionou que ele praticava salto em distância. Então o caso ficou claro para mim, e eu precisava apenas de algumas provas para corroborar minha tese, as quais obtive prontamente.

"O que aconteceu foi o seguinte: este jovem passara a tarde na quadra de atletismo, treinando salto em distância e voltava carregando seus calçados de saltar, que, como o senhor certamente sabe, são equipados com diversos ferrões. Ao passar pela janela, graças à sua altura, viu as provas em sua mesa e imaginou do que se tratasse. Não teria havido problema algum, se ele também não percebesse que seu empregado descuidado havia esquecido a chave na porta. Tomado por um impulso súbito de entrar, decidiu ver se se tratava realmente das provas. Não seria uma empreitada arriscada, pois caso algo desse errado, poderia fingir ter entrado apenas para fazer uma pergunta.

"Bem, ao ver que se tratava realmente das provas, ele sucumbiu à tentação. Colocou seus calçados sobre a mesa. O que foi que o senhor deixou em cima da cadeira ao lado da janela?"

– Luvas – respondeu o jovem.

Holmes olhou, triunfante, na direção de Bannister.

– Ele deixou suas luvas na cadeira e pegou as folhas, uma a uma, para copiá-las. Achava que o tutor fosse retornar pelo portão principal e, assim, teria tempo de vê-lo. Como sabemos, ele chegou pela porta lateral. Subitamente, Gilchrist ouviu-o à porta. Não havia escapatória. Esquecendo as luvas, pegou seus calçados e correu para o quarto. Observem que o arranhão na mesa é leve de um lado, mas aprofunda-se na direção do quarto. Isso já basta para mostrar que os calçados foram puxados naquela direção e que o culpado se escondeu ali. A terra acumulada ao redor dos ferrões ficou sobre a mesa, e outro pouco se desprendeu no chão do quarto. Devo acrescentar que caminhei na quadra de atletismo esta manhã; vi que uma massa negra é usada no fosso para os saltos e trouxe uma amostra dela comigo, junto com um pouco da serragem que se usa para evitar que os atletas escorreguem. É essa a verdade, senhor Gilchrist?

– Sim, senhor, é a verdade.

– Por Deus, você não tem nada mais a acrescentar? – gritou Soames.

– Sim, senhor, tenho, mas o choque causado por esta exposição infeliz me deixou confuso. Tenho comigo uma carta, sr. Soames, que lhe escrevi hoje de manhã, após uma noite conturbada. Isso foi antes que eu soubesse que minha falta fora descoberta. O senhor verá que escrevi: "Estou determinado a não mais prestar o exame, pois um posto foi-me oferecido na polícia da Rodésia e partirei imediatamente para a África do Sul".

– Agrada-me ouvir que não pretendia beneficiar-se dessa vantagem desonesta – disse Soames. – Mas por que mudou de idéia?

Gilchrist apontou para Bannister.

– Eis o homem que me colocou de volta no bom caminho.

– Vamos, Bannister – disse Holmes. – A partir do que eu disse, deve estar claro que sei que o senhor era a única pessoa capaz de possibilitar a fuga deste jovem, já que ficou na sala e trancou a porta ao sair. Não creio que fosse possível uma fuga pela janela. Poderia esclarecer-nos o último mistério neste caso e explicar-nos o motivo de suas ações?

– Teria sido simples, senhor, se soubesse de um detalhe; mas como não o conhecia, mesmo com toda a sua astúcia seria impossível adivinhar. Durante um tempo fui mordomo de *sir* Jabez Gilchrist, pai deste jovem cavalheiro. Quando ele caiu na ruína, vim para cá como empregado, mas nunca esqueci meu velho patrão apenas porque ele estava numa situação ruim. Eu cuidava do filho dele o quanto podia, em nome dos velhos tempos. Bem, senhor, ao entrar aqui ontem, assim que o alarme foi dado, vi as luvas do sr. Gilchrist sobre a cadeira. Eu conhecia bem aquelas luvas e entendi o que elas queriam dizer. Se o sr. Soames as visse, tudo estaria acabado. Joguei-me na cadeira e nada me tiraria dali até que o sr. Soames fosse buscar o senhor. Então meu pequeno patrão apareceu, ele que eu havia embalado em meu colo, e confessou-me tudo. Não seria natural que o salvasse e que, além disso, tentasse conversar da forma que seu falecido pai teria feito para convencê-lo de que aquela atitude não iria ajudá-lo em nada? O senhor acha isso condenável?

– Na verdade, não! – respondeu Homes amavelmente, colocando-se de pé. – Bem, Soames, creio termos solucionado seu pequeno problema, e nosso café-da-manhã nos espera em casa. Venha, Watson! Quanto ao senhor, creio que terá um futuro brilhante na Rodésia. Por uma vez, o senhor tropeçou. Vejamos agora o quão alto poderá alçar-se!

O *PINCE-NEZ** DE OURO

Confesso que, ao olhar para o vasto volume de manuscritos que nosso trabalho no ano de 1894 compõe, tenho muita dificuldade em selecionar, a partir de um material tão rico, os casos que são mais interessantes e ao mesmo tempo mais evidenciam os poderes peculiares que tornaram o meu amigo famoso. Ao virar as páginas, vejo minhas anotações sobre a repulsiva história da sanguessuga vermelha e a terrível morte de Crosby, o banqueiro. Encontro também um relato da tragédia de Addleton e do singular conteúdo do antigo túmulo inglês. O famoso caso da sucessão Smith-Mortimer também ocorreu nesse período, assim como a caçada e a captura de Huret, o assassino do *boulevard* – empreitada que rendeu a Holmes uma carta manuscrita do presidente francês e a Ordem da Legião de Honra. Cada um desse casos daria uma narrativa, mas no geral sou da opinião de que nenhum deles reúne tantos pontos de interesse quanto o episódio de Yoxley Old Place, que inclui não apenas a lamentável morte de Willoughby Smith, mas também o ulterior desenvolvimento do caso, que esclareceu de forma curiosa os motivos do crime.

Era uma noite agitada e tempestuosa no final de novembro. Holmes e eu passávamos o tempo sentados e em silêncio, ele com uma lente de aumento poderosa

* Tipo de óculos sem haste, que se prende com uma mola diretamente ao nariz. Em francês, no original. (N. do T.)

a decifrar a inscrição original em um palimpsesto*, e eu absorto em um recente tratado sobre cirurgia. Lá fora, o vento uivava pela Baker Street; estando no meio da cidade, cercado por um raio de no mínimo quinze quilômetros de construções por todos os lados, era estranho sentir o punho de ferro da mãe natureza e ter consciência de que, para as forças dos elementos, toda Londres não era mais do que os montinhos de toupeiras que salpicam os campos. Caminhei até a janela e olhei para a rua deserta. Alguns lampiões ardiam na imensidão da rua lamacenta e da calçada molhada. Um único coche espalhava água ao percorrer o caminho, vindo da Oxford Street.

– Bem, Watson, é bom não termos que sair hoje à noite – disse Holmes, guardando sua lente e enrolando o palimpsesto. – Já fiz o bastante para uma sentada. É um trabalho cansativo para os olhos. Pelo que pude entender, não é nada além das narrativas de um abade, datando da segunda metade do século 15. Opa! Opa! Opa! O que é isso?

Em meio ao ruído do vento, ouvimos batidas de cascos de cavalo e o raspar de uma roda no cordão da calçada. O coche que eu vira havia parado à nossa porta.

– O que ele pode querer? – perguntei, enquanto um homem saía de dentro do coche.

– Querer! Ele quer a nós. E nós, meu pobre Watson, queremos casacos, mantas e galochas, e tudo mais que o homem possa ter inventado para se proteger do mau tempo. Mas espere um pouco! Lá se vai o coche! Ainda há esperança. Ele teria ficado se quisesse que o acompanhássemos. Corra, meu caro, e abra a porta, pois as pessoas virtuosas já estão em suas camas há tempo.

---

* Nome dado a um pergaminho cujo texto foi raspado para que se pudesse escrever novamente sobre ele. (N. do T.)

Quando a luz do corredor caiu sobre nosso visitante noturno, não tive dificuldade para reconhecê-lo. Era o jovem Stanley Hopkins, um detetive muito promissor por cuja carreira Holmes já manifestara interesse diversas vezes.

– Ele está? – perguntou Hopkins, nervoso.

– Suba, meu caro senhor! – era a voz de Holmes vinda do andar de cima. – Espero que não tenha tarefas para nós em uma noite como esta.

O detetive subiu as escadas, e o brilho da lamparina refletia-se em seu reluzente casaco de chuva. Ajudei-o a retirá-lo, enquanto Holmes acendia o fogo da lareira.

– Agora, meu caro Hopkins, aproxime-se e esquente seus pés – disse ele. – Aqui está um charuto, e o doutor tem uma receita com limão e água quente que é um ótimo remédio em uma noite destas. Deve ser algo importante para trazê-lo aqui durante uma tempestade.

– De fato, senhor Holmes. Tive uma tarde ocupada, asseguro-lhe. O senhor viu algo a respeito do caso Yoxley nos últimos jornais?

– Não vi nada mais atual que o século 15 hoje.

– Bem, era apenas um parágrafo, e completamente equivocado, então o senhor não perdeu muita coisa. Não fiquei parado. Foi lá em Kent, a onze quilômetros de Chatham e a cinco quilômetros da estrada de ferro. Recebi um telegrama às 15h15, cheguei a Yoxley Old Place às cinco, fiz minha investigação e voltei para Charing Cross no último trem, e de lá vim direto para cá, de coche.

– O que me leva a crer que o caso não está claro para o senhor.

– Parece-me sem pé nem cabeça. Até onde eu sei, é um dos casos mais emaranhados de que já tratei, mas ao mesmo tempo parece tão simples a ponto de ser impossível não elucidá-lo. É um crime sem motivo, sr. Holmes. Isso é o que me incomoda – não consigo encontrar um motivo. Um homem está morto – não há como negar –, mas, até onde sei, não há sequer um motivo em todo o mundo para que alguém lhe desejasse mal.

Holmes acendeu o charuto e reclinou-se em sua cadeira.

– Vamos ouvir a respeito – disse ele.

– Os fatos são claros – disse Stanley Hopkins. – Tudo o que quero saber agora é o que significam. A história, pelo que pude entender, é a seguinte: alguns anos atrás, a tal casa de campo, Yoxley Old Place, foi alugada por um homem idoso, que disse se chamar professor Coram. Ele é inválido e passa metade de seu tempo na cama e a outra metade manquejando pela casa com sua bengala, ou no pátio, empurrado em uma cadeira de rodas pelo jardineiro. Os poucos vizinhos que o visitam gostam muito dele, e por aquelas bandas ele tem a fama de ser um homem de muito estudo. Com ele moram duas empregadas: a sra. Marker, uma mulher idosa, e Susan Tarlton. Ambas estão com ele desde a sua chegada e parecem ser mulheres de ótima índole. O professor está escrevendo um livro acadêmico e achou necessário contratar um secretário, há cerca de um ano. Os dois primeiros que ele experimentou não deram certo; mas o terceiro, o sr. Willoughby Smith, um jovem recém-formado, parecia ser justamente o que o professor queria. Seu trabalho consistia em, pelas manhãs, tomar notas do que o professor ditava e, à noite, buscar passagens relacionadas ao trabalho do dia seguinte. Esse tal Willoughby Smith não tem nada que o comprometa desde sua infância em Uppingham até sua juventude em Cambridge. Chequei seu histórico, e ele sempre foi um sujeito decente, quieto e trabalhador, sem nenhum ponto fraco. Ainda assim, esse é o garoto que encontrou a morte no gabinete do professor esta manhã, sob circunstâncias que indicam assassinato.

O vento uivava nas janelas. Holmes e eu aproximamo-nos do fogo enquanto o inspetor vagarosamente dava prosseguimento à sua narrativa:

– Se o senhor fizesse uma busca em todas as casas da Inglaterra – disse ele –, não creio que pudesse encontrar um local mais reservado ou livre de influências externas. Semanas passavam sem que um deles cruzasse o portão do jardim. O professor estava absorto em seu trabalho e não existia para nada mais. O jovem Smith não conhecia ninguém na vizinhança e vivia de forma similar ao patrão. As duas mulheres não tinham razões para deixar a casa. Mortimer, o jardineiro que costumava empurrá-lo na cadeira de rodas, é pensionista do exército – um homem que lutou na Guerra da Criméia, de excelente caráter. Ele não mora na casa, mas em uma cabana de três peças no outro lado do jardim. Essas são as únicas pessoas que freqüentam Oxley Old Place. Ao mesmo tempo, o portão do jardim fica a cem metros da principal estrada de Londres para Chatham. Ele abre com um trinco, e não há nada que impeça outras pessoas de entrar ali.

"Vou repassar-lhes agora o relato de Susan Tarlton, que é a única pessoa que tem algo a dizer sobre o caso. Pela manhã, entre onze e meio-dia, ela estava ocupada pendurando cortinas no quarto de frente do segundo andar. O professor Coram ainda estava na cama, pois quando o tempo está ruim ele raramente se levanta antes do meio-dia. A outra empregada estava ocupada com seus afazeres nos fundos da casa. Willoughby Smith estivera em seu quarto, que usava como sala de estar, mas Tarlton ouviu-o passar e descer até o gabinete, no primeiro andar. Ela não o enxergou, mas disse estar certa disso pelas passadas rápidas e firmes características dele. Também não escutou a porta do gabinete se fechar, mas aproximadamente um minuto depois se ouviu um grito pavoroso no cômodo abaixo. Foi um grito selvagem e rouco, tão estranho que poderia ser proveniente tanto de uma mulher como de um homem. No mesmo instante, ouviu-se um baque pesado, que fez a casa estremecer, e então tudo voltou ao silêncio. Tarlton ficou petrificada por alguns momentos, e em seguida, recobrando a coragem, desceu correndo as escadas. A porta do gabinete estava fechada, e ela a abriu. No interior, o jovem sr. Willoughby Smith estava estirado no chão. A princípio ela não notou nenhum ferimento, mas, ao tentar erguê-lo, viu o sangue que escorria do lado inferior de seu pescoço. O ferimento era uma perfuração minúscula, mas também muito profunda, que atravessara a carótida. O instrumento que causara o ferimento estava a seu lado, no chão. Era um daqueles pequenos abridores de cartas que se encontram em escrivaninhas antigas, com cabo de marfim e uma lâmina rígida. Fazia parte dos acessórios da escrivaninha do professor.

"No início, a criada pensou que Smith já estivesse morto, mas, ao derramar um pouco de água do jarro em sua testa, ele abriu os olhos por um instante. "O professor", ele murmurou. "Foi ela." A criada jura que foram exatamente essas as palavras. Ele tentou desesperadamente dizer algo mais, erguendo sua mão direita no ar; mas então caiu para trás, morto.

"Enquanto isso, a outra empregada também havia corrido para o gabinete, mas não chegou a ouvir as últimas palavras do jovem. Deixando Susan com o corpo, dirigiu-se ao quarto do professor, que estava sentado em sua cama; seu nervosistmo era violento, pois ouvira o suficiente para se convencer de que algo terrível acontecera. A sra. Parker jura que o professor ainda estava com suas roupas de dormir, e de fato era-lhe impossível vestir-se sem a ajuda de Mortimer, que chegava somente ao meio-dia. O professor afirma ter ouvido o grito, mas não sabe de mais nada. Ele não tem nenhuma explicação a oferecer para as últimas palavras do jovem, "o professor – foi ela", mas imagina que tenham sido uma manifestação de delírio. Ele acredita que Willoughby Smith não tinha inimigos e também não vê razões para o crime. Seu primeiro ato foi enviar Mortimer, o jardineiro, até a polícia local. Um pouco mais tarde, o chefe de polícia mandou me chamar. Ninguém mexeu em nada antes da minha chegada, e ordens expressas foram dadas para que ninguém caminhasse nas alamedas que conduzem à casa. Seria uma chance esplêndida de colocar suas teorias em prática, sr. Holmes. Não falta nada."

– Exceto o sr. Sherlock Holmes! – disse meu amigo, dando um sorriso com um que de mordaz. – Bem, continue. Que tipo de trabalho o senhor fez?

– Primeiramente, devo lhe pedir, sr. Holmes, que dê uma olhada neste mapa rudimentar para que tenha uma idéia da posição do gabinete do professor e dos demais itens no caso. Isso irá ajudá-lo a acompanhar o relato de minhas investigações.

Ele desdobrou o diagrama, que reproduzo aqui, e estendeu-o sobre os joelhos de Holmes. Levantei-me e, olhando por cima do ombro de Holmes, estudei-o.

– É muito rudimentar, é claro, e registra apenas os pontos essenciais. O resto os senhores verão mais tarde, pessoalmente. Mas agora, em primeiro lugar,

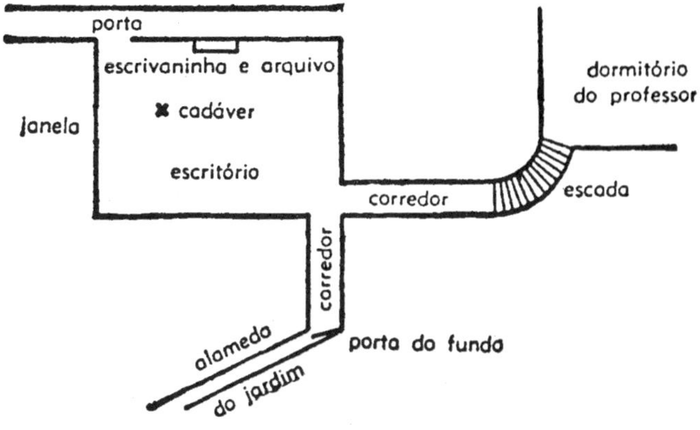

pergunto: presumindo que o assassino tenha adentrado a casa, como ele ou ela fez isso? Sem dúvida, pela alameda do jardim e pela porta dos fundos, que dá acesso direto ao gabinete. Qualquer outro caminho teria sido demasiadamente complicado. A fuga deve ter acontecido da mesma forma, pois, das outras duas saídas da peça, uma foi bloqueada por Susan quando desceu as escadas e a outra conduz diretamente ao quarto do professor. Concentrei minha atenção, portanto, na alameda do jardim, que estava encharcada pela chuva recente e que certamente apresentaria pegadas.

"Minha investigação, entretanto, mostrou-me que eu estava lidando com um criminoso cauteloso e experiente. Não encontrei nenhuma pegada na alameda, mas, por outro lado, não havia dúvidas de que alguém passara pelo gramado que a ladeia e de que o fizera no intuito de evitar deixar quaisquer vestígios. Não encontrei nada revelador, mas a grama estava pisoteada e com certeza alguém passara por ali. Só pode ter sido o assassino, já que nem o jardineiro nem outra pessoa havia estado lá naquela manhã, e a chuva começara somente à noite.

– Um momento – disse Holmes. – Aonde essa alameda conduz?

– À estrada.

– Qual o comprimento dela?

– Uns cem metros.

– O senhor com certeza seguiu esse rastro até o ponto em que a alameda cruza o portão?

– Infelizmente, nesse ponto a alameda é ladrilhada.

– Bem, e quanto à estrada?

– Nada; era um lamaçal todo pisoteado.

– Tsc, tsc! Bem, e esse rastro na grama – as pegadas iam ou vinham?

– Impossível dizer. Os contornos não eram claros.

– Um pé grande ou pequeno?

– Não dava para distinguir.

Holmes deu vazão à sua impaciência.

– Está chovendo a cântaros e há um vendaval soprando desde então. Agora isso será mais difícil do que ler o palimpsesto. Bem, bem, não há nada que possamos fazer. O que fez, Hopkins, depois de ter certeza de que não tinha certeza de nada?

– Acho que tive certeza de um bocado de coisas, sr. Holmes. Descobri que alguém adentrara a casa, cuidadosamente, vindo da rua. Então examinei o corredor, que é recoberto por um tapete de fibra de coco, mas não encontrei nada lá. Logo cheguei ao gabinete. É um cômodo parcamente mobiliado. O principal móvel é uma grande escrivaninha com uma cômoda: as gavetas são alinhadas em duas colunas e há um pequeno armário entre elas. As gavetas estavam abertas, mas o armário, trancado. Aparentemente, essas gavetas ficavam abertas por não conter nada de valor. Havia papéis importantes no armário, mas nenhuma evidência de que alguém houvesse mexido nele, e o professor me assegurou de que nada estava faltando. É certo que não houve roubo.

"Quanto ao corpo do jovem, foi encontrado perto da cômoda, ligeiramente à esquerda, conforme mostra o diagrama. A estocada foi no lado direito do pescoço e veio por trás, o que torna impossível ter sido provocada por ele próprio."

– A não ser que tivesse caído em cima da lâmina.

– Exatamente. Cheguei a considerar essa idéia. Mas a faca estava a uma certa distância do corpo, então isso se torna impossível. E há, é claro, as últimas palavras do morto. E, finalmente, há também esta evidência, encontrada em seu punho cerrado.

De seu bolso, Stanley Hopkins retirou um pacotinho de papel. Ao desdobrá-lo, revelou um *pince-nez* dourado, com dois pedaços de fita de seda preta arrebentados balançando.

– Willoughby Smith tinha uma visão excelente – acrescentou. – Não há dúvida de que isto foi arrancado do rosto do assassino.

Sherlock Holmes pegou o *pince-nez* e examinou-o com extremo interesse e atenção. Segurou-o sobre o nariz, tentou ler, foi até a janela, olhou para a rua com ele, examinou-o mais minuciosamente sob a luz e, finalmente, rindo sozinho, sentou-se à mesa e escreveu algumas linhas sobre um papel, que atirou para Stanley Hopkins.

– É o melhor que posso fazer pelo senhor – disse ele. – Pode ser de alguma utilidade.

O detetive, surpreso, leu o bilhete em voz alta. Eis o que dizia:

"Procura-se mulher com boas maneiras, que se vista como uma *lady*. Nariz particularmente grosso, com olhos próximos um ao outro. Testa enrugada, olhar perspicaz e ombros arredondados. É possível que tenha consultado um oculista em pelo menos duas ocasiões nos últimos meses. Como as lentes são de um grau particularmente alto e não há muitos oculistas, não deverá haver dificuldade em rastreá-la."

Holmes sorriu diante da surpresa de Hopkins – sorriso que deve ter se espelhado também em meu semblante.

– Certamente minhas deduções são a simplicidade em pessoa – disse ele. – Seria difícil citar artigos que possibilitassem mais inferências do que um par de óculos, ainda mais um exemplar tão especial como este aqui. Posso inferir que pertencem a uma mulher pela sua delicadeza e, claro, pelas últimas palavras do morto. Quanto a ela ser uma pessoa refinada e bem-vestida, note que este *pince-nez* foi habilmente feito em ouro maciço, e é inconcebível que a pessoa que o usasse fosse desleixada quanto ao resto de sua aparência. Ao experimentá-lo, o senhor verá que a ponte é larga demais para o seu nariz, o que demonstra que o nariz dessa senhora é muito largo na base. Esse tipo de nariz geralmente é curto e vulgar, mas há um número razoável de exceções que me impedem de ser dogmático e insistir nesse ponto em minha descrição. Meu próprio rosto é bastante fino, e ainda assim não consigo acomodar meus olhos sequer próximos ao centro destas lentes. Portanto, os olhos da senhora são muito rentes às laterais do nariz. Você perceberá, Watson, que as lentes são côncavas e de um grau elevado, o que é incomum. Uma senhora que tenha apertado os olhos para enxergar melhor durante toda a sua vida certamente apresentará as características físicas associadas a isso, que podem ser vistas na testa, nas pálpebras e nos ombros.

– Sim, sigo cada um dos seus argumentos. No entanto, confesso que não entendo como chegou à dupla visita ao oculista.

Holmes pegou o *pince-nez* em sua mão.

– Você pode perceber que a ponte está revestida de minúsculos filetes de cortiça para aliviar a pressão sobre o nariz. Um deles está descolorido e um pouco gasto, mas o outro está novo. Evidentemente, um deles caiu e foi reposto. Suponho que o mais antigo não está aqui há mais do que alguns meses. E eles são idênticos, então suponho que a senhora tenha retornado ao mesmo estabelecimento para a reposição.

– Céus! Isso é incrível! – gritou Hopkins, extasiado. – E pensar que eu tive toda essa evidência em minhas mãos sem saber! Mas de qualquer forma, eu havia decidido dar uma circulada pelos oculistas londrinos.

– Claro que sim. Mas enquanto não o faz, teria algo mais a relatar sobre o caso?

– Nada, sr. Holmes. Creio que o senhor sabe tanto quanto eu agora – provavelmente mais. Inquirimos a respeito de qualquer estranho que possa ter sido avistado pelas estradas ou na estação ferroviária. Não descobrimos nenhum. O que me deixa pasmo é a completa falta de um motivo para o crime. Ninguém é capaz de sugerir nem sombra de um motivo.

– Ah! Quanto a isso, não posso ajudá-lo. Mas creio que deseja que o acompanhemos amanhã?

– Se não for pedir muito, sr. Holmes. Há um trem de Charing Cross para Chatham às seis da manhã, e devemos chegar a Yoxley Old Place entre oito e nove.

– Vamos pegá-lo, então. Seu caso apresenta características muito interessantes, e será um prazer investigá-lo. Bem, já é quase uma da manhã, e deveríamos dormir algumas horas. Acredito que o senhor irá se acomodar muito bem no sofá defronte à lareira. Acenderei minha espiriteira e lhe trarei uma xícara de café antes de começarmos.

O vendaval havia cessado no dia seguinte, mas nossa jornada começou com uma manhã gélida. Vimos o frio sol de inverno nascer acima das desoladas margens do Tâmisa e da longa e sombria extensão do rio, que para sempre associarei com nossa busca aos islenhos de Andaman* no início de nossa carreira. Depois de uma viagem longa e desgastante, chegamos a uma pequena estação localizada a alguns quilômetros de Chatham. Enquanto preparavam nosso coche na estalagem local, tomamos um café-da-manhã apressado, então estávamos prontos para o trabalho quando finalmente chegamos a Yoxley Old Place. O chefe de polícia recebeu-nos no portão do jardim.

– Bem, Wilson, alguma novidade?

– Não, senhor, nada.

– Nenhum relato de estranhos avistados por aqui?

– Não senhor. Lá na estação estão todos certos de que nenhum estranho chegou à cidade ou saiu dela ontem.

– O senhor fez perguntas nas estalagens e alojamentos?

– Sim, senhor; não houve nenhum relato.

– Bem, daqui até Chatham não é nada mais do que uma caminhada razoável. Qualquer um poderia

* Watson refere-se à aventura narrada em *O signo dos quatro*, livro já publicado na coleção L&PM Pocket, volume 183. (N. do T.)

ter ficado aqui ou pegado o trem sem ser percebido. Esta é a alameda do jardim de que lhe falei, sr. Holmes. Dou minha palavra de que não havia marcas aqui ontem.

– De que lado estavam as marcas na grama?

– Deste lado, senhor. Neste pequeno filete de terra entre a alameda e o canteiro. Não consigo distingui-las agora, mas as marcas eram claras ontem.

– Sim, sim; alguém passou por aqui – disse Holmes, curvando-se sobre a grama. – Nossa *lady* deve ter tomado muito cuidado ao pisar, não? Ou teria deixado, de um lado, uma marca na alameda, e do outro, uma marca mais clara ainda no canteiro. Não é isso?

– Sim, senhor, ela foi ousada.

– Hm! Foi um feito extraordinário – extraordinário. Bem, creio já termos dado conta da alameda. Prossigamos. Este portão do jardim é mantido aberto, suponho? Sendo assim, essa visitante nada mais teve de fazer além de entrar. Ela não tinha um plano de assassinato em mente, ou teria vindo munida de uma arma, em vez de pegar a lâmina que estava em cima da escrivaninha. Ela prosseguiu por este corredor sem deixar traços sobre o tapete de fibra de coco. Então chegou ao gabinete. Por quanto tempo permaneceu aqui? Não temos como estimar.

– Não mais do que alguns minutos, senhor. Esqueci de lhe contar que a sra. Marker, uma das empregadas, havia limpado o cômodo não muito tempo antes – cerca de quinze minutos, diz ela.

– Bem, isso nos dá um limite. Nossa *lady* adentra este cômodo e, então, o que faz? Vai até a escrivaninha. Para quê? Não para pegar algo que esteja nas gavetas. Se houvesse algo de valor aqui, certamente estaria chaveado. Não: ela queria algo na cômoda de madeira. Opa! Que arranhão é este aqui na superfície? Acenda um fósforo aqui, Watson. Por que não me falou a respeito disto, sr. Hopkins?

A marca que ele estava examinando começava no metal à direita da fechadura e estendia-se por dez centímetros, onde havia arranhado a superfície do verniz.

– Eu havia notado isso, sr. Holmes, mas é normal encontrar arranhões ao redor de uma fechadura.

– Isso é recente, muito recente. Veja que o metal ainda brilha onde foi riscado. Um arranhão velho teria a mesma cor da superfície. Examine-o com minha lente. E há também o verniz, acumulado nos dois lados do sulco. A sra. Marker está por aqui?

Uma senhora idosa e de olhar triste adentrou a peça.

– A senhora tirou o pó deste móvel ontem?

– Sim, senhor.

– Percebeu esse arranhão?

– Não, senhor, não percebi.

– Acredito que não, pois um espanador teria espalhado esses caquinhos de verniz. Quem possui a chave da cômoda?

– O professor a guarda na corrente de seu relógio.

– É uma chave comum?

– Não, senhor; é uma chave Chubb*.

– Muito bem. Sra. Marker, a senhora pode ir. Agora estamos começando a progredir. Essa senhora entra na peça, avança até a cômoda e a abre, ou tenta abri-la. Enquanto está ocupada com isso, Willoughby Smith chega. Em sua pressa para remover a chave, ela causa esse arranhão na porta. Ele a agarra, e ela, pegando o objeto mais próximo, que por acaso é essa lâmina,

* Tipo de chave inventado pelo chaveiro inglês Charles Chubb no século 19. (N. do T.)

golpeia-o para se libertar. A estocada é fatal. Ele cai e ela escapa, quem sabe levando o objeto que a trouxe aqui. É Susan que está ali? Susan, teria sido possível alguém escapar por aquela porta depois do momento em que você ouviu o grito?

– Não, senhor, seria impossível. Antes de chegar ao andar de baixo, eu teria visto qualquer um que estivesse no caminho. Além disso, ninguém abriu a porta, pois do contrário eu teria ouvido.

– Isso resolve o problema da saída. Assim, não resta dúvida de que a senhora saiu pela mesma rota que usou para entrar. Segundo entendo, esta outra passagem leva apenas ao quarto do professor. Não há saída por lá?

– Não, senhor.

– Vamos descer por ela para nos encontrarmos com o professor. Opa, Hopkins! Isto é muito importante, muito importante mesmo. O corredor que conduz ao quarto do professor também é forrado com palha de coco.

– Bem, senhor, mas o que isso importa?

– Você não vê nenhuma relação com o nosso caso? Bem, bem, não vou insistir. Sem dúvida, estou errado. Todavia isso me parece sugestivo. Venha comigo e apresente-me ao professor.

Cruzamos a passagem, que era da mesma extensão que aquela que conduzia ao jardim. Ao final, havia um pequeno lance de escadas que dava em uma porta. Nosso guia bateu, e então nos conduziu para o interior do quarto do professor.

Era um cômodo enorme, abarrotado de livros, alguns dos quais já haviam transbordado das prateleiras e encontravam-se empilhados pelos cantos, ou então amontoados ao pé dos baús. A cama ficava no centro, e ali, recostado em travesseiros, estava o dono da casa. Poucas vezes vi uma pessoa tão notável. Um rosto aquilino e macilento virou-se em nossa direção, apontando-nos olhos escuros e penetrantes que luziam, enterrados em profundas fendas, sob os tufos de suas protuberantes sobrancelhas. Seu cabelo e barba eram brancos, salvo que esta tinha um curioso matiz amarelado ao redor da boca. Um cigarro cintilava em meio ao emaranhado de cabelos brancos, e o ar do aposento estava viciado devido à fumaça que o tabaco exalava. Quando estendeu a mão para Holmes, percebi que também tinha manchas amarelas da nicotina.

– Fumante, senhor Holmes? – perguntou ele, falando um inglês bem cuidado e com um leve afetamento no sotaque. – Por favor, pegue um cigarro. E o senhor? Recomendo-os, pois eles são especialmente preparados para mim por Ionides, de Alexandria. Ele me manda mil de cada vez, e lastimo o fato de eu encomendar um lote a cada quinzena. Isso é mau, muito mau; mas um velho tem poucos prazeres. Tabaco e trabalho – isso é tudo o que me resta.

Holmes acendera um cigarro, e seus olhos dardejavam pela sala.

– Tabaco e trabalho, mas agora só tabaco! – exclamou o velho. – Ai de mim, essa interrupção foi fatal! Quem poderia prever uma catástrofe tão terrível? Um jovem tão admirável! Asseguro-os de que após alguns meses ele já era um assistente valioso. O que o senhor pensa do caso, sr. Holmes?

– Ainda não tenho uma opinião.

– Ficarei muito grato ao senhor se puder trazer-nos alguma luz, pois estamos no escuro. Para um velho rato de biblioteca inválido como eu, um golpe desses é paralisante. Parece que perdi a faculdade de pensar. Mas o senhor é um homem de ação – um homem de negócios. Isso faz parte de sua rotina. O senhor consegue manter o equilíbrio mesmo em caso de emergência. Somos muito afortunados de tê-lo conosco.

Holmes estava andando para lá e para cá em um dos lados da peça enquanto o professor falava. Observei que ele fumava com uma rapidez anormal. Era evidente que compartilhava do gosto de nosso anfitrião pelos cigarros alexandrinos.

– Sim, senhor, é um golpe devastador – disse o velho. – Eis minha *magnum opus* – aquela pilha de papéis na mesinha do outro lado. É uma análise dos documentos encontrados nos monastérios cópticos da Síria e do Egito, um trabalho que atingirá a base da religião revelada. Com minha saúde abalada, já não sei se o conseguirei finalizá-lo, agora que perdi meu assistente. Nossa, sr. Holmes; veja só, o senhor é um fumante ainda mais ávido do que eu.

Holmes sorriu.

– Sou um *connoisseur** – disse ele, pegando outro cigarro da caixa, já era o quarto, e acendendo-o no toco que acabara de fumar. – Não vou aborrecê-lo com um interrogatório longo, professor Coram, já que sei que o senhor estava na cama na hora do crime e não poderia ter feito nada. Pergunto-lhe somente isto: o que o senhor imagina que o pobre sujeito quis dizer com suas últimas palavras – "o professor – foi ela"?

O professor sacudiu a cabeça.

– Susan é uma camponesa, e o senhor conhece a tremenda ignorância dessa gente. Creio que o pobre sujeito murmurou algumas palavras soltas e incoerentes, e que ela as transformou nessa mensagem absurda.

---

* Especialista, conhecedor profundo. (N. do T.)

– Entendo. O senhor não tem nenhuma explicação para a tragédia?

– É possível que tenha sido um acidente; é possível – e eu me atrevo a dizê-lo só entre nós – que tenha sido suicídio. Jovens têm seus problemas ocultos, porventura algum assunto do coração do qual nunca soubéramos. É uma suposição mais provável que assassinato.

– Mas e o *pince-nez*?

– Ah! Sou apenas um estudante – um sonhador. Não sou capaz de explicar as coisas práticas da vida. Ainda assim, meu amigo, sabemos que juras de amor podem assumir formas estranhas. Por favor, pegue outro cigarro! É um prazer ver alguém apreciá-los assim. Um leque, uma luva, óculos – quem sabe o que podemos guardar como lembrança, ou ao que nos podemos ater no momento em que tiramos nossa própria vida? Esse cavalheiro fala sobre rastros na grama, mas, afinal de contas, é fácil enganar-se a esse respeito. Quanto à lâmina, pode muito bem ter sido jogada para longe pelo pobre homem quando caiu. Pode ser que eu esteja falando como uma criança, mas a mim parece que Willoughby Smith forjou seu destino com as próprias mãos.

A teoria assim exposta pareceu ter impacto sobre Holmes, e ele continuou a andar para lá e para cá.

– Diga-me, professor, o que se encontra chaveado no interior da cômoda?

– Nada de utilidade para um ladrão. Papéis de família, cartas de minha pobre esposa, diplomas de universidades que me conferiam honrarias. Aqui está a chave. O senhor pode olhar pessoalmente.

Holmes pegou a chave e observou-a por um instante; então devolveu-a ao professor.

– Não; não creio que isso possa ajudar. Prefiro passear silenciosamente em seu jardim enquanto repasso o caso em minha cabeça. Essa teoria do suicídio que o senhor propôs não deixa de ser interessante. Pedimos desculpas por tê-lo perturbado, professor Coram, e prometo que não o incomodaremos até depois do almoço. Às duas, voltaremos para lhe contar quaisquer coisas que tenham acontecido neste ínterim.

Holmes estava curiosamente distraído, e perambulamos pelo jardim em silêncio por algum tempo.

– Alguma pista? – perguntei.

– Depende daqueles cigarros que fumei – disse ele. – Pode ser que eu esteja completamente equivocado. Os cigarros dirão.

– Meu caro Holmes! – exclamei. – De que forma...

– Bem, bem, você verá. Se não der certo, em nada vai nos prejudicar. Claro, sempre podemos recorrer à pista do oculista, mas sempre que posso pegar um atalho, eu pego. Ah, eis aqui a sra. Marker! Vamos desfrutar cinco minutos de conversa instrutiva com ela.

Talvez eu já tenha observado que Holmes, quando lhe convinha, tinha um modo muito particular de cair nas graças das mulheres e que prontamente estabelecia uma relação de confiança com elas. Na metade de seus cinco minutos, já ganhara a boa vontade da empregada e conversava com ela como se a conhecesse há anos.

– Sim, sr. Holmes, é isso mesmo que o senhor está dizendo. Ele fuma aquela coisa horrível o dia todo, e às vezes à noite também. Já vi aquele quarto pela manhã – bem, o senhor diria que está em meio ao *fog** londrino. Pobre sr. Smith, ele era fumante também, mas não tão inveterado quanto o professor. Quanto à sua saúde, creio que não melhorou nem piorou devido ao fumo.

---

* Neblina, nevoeiro. (N. do T.)

– Ah – disse Holmes –, mas isso acaba com o apetite.

– Bem, eu é que não sei, senhor.

– Suponho que o professor mal coma durante as refeições?

– Bem, isso varia, devo dizer.

– Aposto que ele não tomou café esta manhã e não vai almoçar depois de todos os cigarros que o vi fumar.

– Bem, o senhor está equivocado; na verdade, ele tomou um café especialmente farto esta manhã. Não me lembro de tê-lo visto ele tomar um café mais farto, e ele pediu um prato de costeletas para o almoço. Eu mesma estou surpresa, pois desde que entrei naquela peça ontem e vi o sr. Smith estirado no chão não posso nem ver comida. Bem, mas há de tudo nesse mundo, e o professor não perdeu seu apetite.

Passamos a manhã no jardim. Stanley Hopkins foi até a vila investigar rumores de que uma mulher desconhecida teria sido vista por algumas crianças na estrada de Chatham na manhã anterior. Quanto ao meu amigo, sua vivacidade característica parecia tê-lo abandonado. Nunca o tinha visto tratar de um caso com tão pouco interesse. Mesmo a notícia trazida por Hopkins, de que havia encontrado as crianças e que elas afirmavam com certeza ter visto uma mulher que se encaixava perfeitamente na descrição de Holmes – e, além disso, usando óculos ou *pince-nez* –, falhou em despertar seu interesse. Ele ficou mais atento quando Susan, que nos aguardava para o almoço, informou-nos de que o sr. Smith havia saído para um passeio ontem pela manhã e que havia retornado apenas meia hora antes da tragédia. Eu não conseguia ver nenhuma importância nesse incidente, mas vi que Holmes entremeava-o no esquema que havia formado mentalmente. De repente, ele se ergueu da cadeira e olhou para o seu relógio.

– Duas da tarde, cavalheiros. Hora de subirmos para conversar com nosso amigo, o professor.

O velho recém acabara seu almoço, e o prato vazio atestava que seu apetite era tão grande quanto a empregada havia nos informado. De fato, toda sua figura tinha uma aparência estranha quando virou sua cabeleira branca e seus olhos brilhantes em nossa direção. O eterno cigarro esfumaçava em sua boca. Ele estava vestido e sentado em uma poltrona ao lado da lareira.

– Bem, sr. Holmes, já resolveu o mistério? – ele empurrou a grande lata de cigarros a seu lado na direção de meu companheiro. Holmes simultaneamente esticou o braço, e assim eles derrubaram a lata. Por um ou dois minutos ficamos de joelhos, juntando cigarros por todos os cantos. Ao colocar-me em pé novamente, observei que os olhos de Holmes estavam brilhando e que suas faces estavam coradas. Somente em momentos críticos eu o vi assim, como que pronto para uma batalha.

– Sim, resolvi.

Stanley Hopkins e eu olhamo-nos admirados. Um sorriso de escárnio esboçou-se no semblante macilento do professor.

– Não diga! No jardim?

– Não, aqui.

– Aqui! Quando?

– Agora mesmo.

– Com certeza está gracejando, sr. Sherlock Holmes. Sinto-me forçado a lembrá-lo de que é um problema demasiado sério para ser tratado dessa forma.

– Forjei e testei cada um dos elos que compõem a cadeia de meus pensamentos, professor Coram, e tenho certeza de que não há falhas. Quais sejam os seus motivos, ou o papel exato que o senhor desempenha nesse estranho esquema, ainda não sei dizer, mas, em alguns minutos, provavelmente ouvirei de seus próprios lábios. Enquanto isso, vou reconstruir para o senhor o que se passou, para que entenda qual é a informação de que ainda necessito.

"Uma senhora adentrou seu gabinete ontem. Sua intenção era apossar-se de alguns documentos que estavam em sua cômoda. Ela tinha uma chave. Examinei a sua e não encontrei a leve descoloração que o arranhão feito sobre o verniz produziria. Sei, portanto, que o senhor não era cúmplice e que, até onde pude apurar, ela veio roubá-lo sem o seu conhecimento.

O professor soltou uma nuvem esfumaçada de sua boca.

– Isso é muito interessante e instrutivo – disse ele. – O senhor não tem mais nada a acrescentar? Após chegar a essas conclusões a respeito da tal senhora, estou certo de que poderá dizer o que se passou com ela a seguir.

– Tentarei fazê-lo. Primeiramente, ela foi detida por seu secretário, e então desferiu-lhe a estocada para escapar. Sinto-me inclinado a considerar essa catástrofe como um acidente infeliz, pois estou convencido de que ela não tinha a intenção de causar um ferimento tão grave. Um assassino não aparece desarmado. Horrorizada pelo que fez, correu desesperada para longe do local da tragédia. Por azar, perdera seu *pince-nez* na luta e, sendo muito míope, ficou desorientada sem eles. Então atravessou rapidamente um corredor, que achou ser o mesmo por onde tinha entrado – pois os dois eram forrados com palha de coco –, e já era tarde demais quando se deu conta de que pegara a rota errada e o caminho de volta estava bloqueado. O que faria? Não poderia retornar, nem ficar onde estava. Era necessário ir adiante. Ela prosseguiu: subiu as escadas, abriu uma porta e veio parar aqui no seu quarto.

O velho, sentado e boquiaberto, encarava Holmes. Havia medo e surpresa estampados em seu semblante. Então, com um pequeno esforço, deu de ombros e desatou a rir forçadamente.

– Tudo está muito bem, sr. Holmes! Mas há uma pequena falha em sua esplêndida teoria. Eu estava aqui no quarto e não saí dele durante o dia todo.

– Eu sei disso, professor Coram.

– O senhor está insinuando que eu fiquei deitado naquela cama e não me dei conta de que uma mulher entrara nesta peça?

– Eu nunca disse isso. O senhor *deu-se* conta. Falou com ela. Reconheceu-a. Ajudou-a a escapar.

Novamente o professor irrompeu em gargalhadas estridentes. Ele se postara de pé, e seus olhos cintilavam como brasas.

– O senhor está louco! – gritou ele. – Está falando como um demente. Eu a ajudei a escapar? Onde ela está agora?

– Está lá – disse Holmes, apontando para uma estante alta no canto do quarto.

Vi quando o velho ergueu seus braços, um terrível ricto desfigurou sua expressão sombria por um instante e ele desabou em sua cadeira. Ao mesmo tempo, a estante que Holmes havia apontado girou sobre uma dobradiça e uma mulher irrompeu na sala.

– O senhor está certo! – gritou ela, com um estranho sotaque estrangeiro. – O senhor está certo! Estou aqui.

Ela estava marrom por causa da poeira e coberta

por teias de aranha das paredes de seu esconderijo. Seu rosto também estava manchado de sujeira, e na melhor das hipóteses ela não podia ser bela, pois apresentava todas as características físicas que Holmes adivinhara, além de um longo queixo. Seja devido à sua cegueira natural, seja devido à transição do claro para o escuro, ela se postou em pé como se estivesse atordoada, piscando para ver onde estava e com quem. Ainda assim, apesar de todas essas desvantagens, havia uma certa nobreza na postura da mulher, uma elegância no queixo desafiador e na cabeça erguida que despertava respeito e admiração. Stanley Hopkins a segurou pelo braço e declarou sua prisão, mas ela se desvencilhou dele gentilmente, com uma dignidade tão avassaladora que o compeliu a deixá-la. O velho estava recostado em sua cadeira, seu rosto pulsava, e ele a observava com um olhar grave.

– Sim, senhor, sou sua prisioneira – disse ela. – De onde eu estava pude ouvir tudo e sei que descobriram a verdade. Eu confesso. Fui eu quem matou o jovem. Mas o senhor está certo quando diz que foi um acidente. Eu sequer sabia que era uma lâmina o que eu tinha em minha mão, pois em meu desespero juntei qualquer coisa que estivesse em cima da mesa para acertá-lo e poder fugir. Essa é a verdade.

– Madame – disse Holmes –, sei que essa é a verdade. Mas creio que a senhora não esteja passando bem.

Ela assumira uma cor pavorosa, ainda mais mortiça sob a camada de poeira que lhe cobria o rosto. Então sentou-se na beirada da cama e prosseguiu.

– Resta-me pouco tempo, mas desejo que saibam toda a verdade. Sou a esposa deste homem. Ele não é inglês. É russo; mas não direi seu nome.

Pela primeira vez o velho mexeu-se.

– Deus lhe abençoe, Anna! – gritou ele. – Deus lhe abençoe!

Ela lançou-lhe um olhar de profundo desdém.

– Por que se apegar dessa forma a uma vida miserável como a sua, Sergius? Isso só fez mal a muitos e bem a ninguém – nem mesmo a você. Ainda assim, não me cabe fazer com que esse frágil cordão se rompa antes da hora decidida por Deus. Minha alma pesa-me demasiado desde o momento em que cruzei o amaldiçoado limiar desta casa. Mas devo falar, ou será tarde demais.

"Cavalheiros, disse-lhes que sou a esposa deste homem. Ele tinha cinqüenta anos e eu era uma menina boba de vinte quando nos casamos. Foi em uma cidade na Rússia, em uma universidade – não nomearei o lugar.

– Deus lhe abençoe, Anna! – murmurou o velho novamente.

– Nós éramos reformadores – revolucionários – niilistas, os senhores entendem. Ele, eu e muitos outros. Então veio uma época difícil: um policial foi morto, muitos foram presos, e buscavam-se pistas. Para salvar a sua vida e ganhar uma grande recompensa, meu marido traiu a própria esposa e seus companheiros. Sim, todos fomos presos após sua confissão. Alguns de nós foram de encontro ao destino na forca, outros, na Sibéria. Eu estava entre esses últimos, mas minha pena não era perpétua. Meu marido veio para a Inglaterra com seus ganhos vergonhosos e vive escondido desde então. Mas ele sabe que, se a Irmandade descobrisse onde estava, não levaria mais de uma semana para que lhe fizessem justiça.

O velho esticou a mão trêmula e pegou um cigarro.

– Estou em suas mãos, Anna. Você sempre foi boa para mim.

– Ainda não lhes contei até que ponto a vilania dele chegou! – disse ela. – Entre nossos camaradas da Ordem, havia um que era meu amigo do coração. Ele era nobre, generoso, carinhoso – tudo o que meu marido jamais havia sido. E odiava violência. Todos nós éramos culpados – se é que se pode chamar de culpa –, mas ele não. Sempre me escrevia tentando dissuadir-me de tomar esse caminho. Essas cartas teriam-no salvado, assim como o meu diário, no qual todos os dias eu registrava meus sentimentos em relação a ele e o ponto de vista de cada um de nós. Meu marido encontrou e apossou-se das cartas e do diário. Ele os escondeu e tentou abjurar a vida do jovem. Nisso ele falhou, mas Alexis foi condenado a ir para a Sibéria, onde, neste momento, trabalha em uma mina de sal. Pense nisso, seu facínora, seu facínora! Agora, agora, neste exato momento, Alexis, cujo nome você sequer é digno de pronunciar, vive e trabalha como escravo, e ainda assim eu tenho sua vida em minhas mãos e o deixo escapar!

– Você sempre foi uma mulher nobre, Anna – disse o velho, fumando seu cigarro.

Ela levantara-se, mas caiu para trás novamente com um grito doloroso.

– Deixe-me terminar! – disse ela. – Quando cumpri minha pena, decidi recuperar o diário e as cartas, pois se os enviasse ao governo russo, poderia obter a libertação de meu amigo. Eu sabia que meu marido viera para a Inglaterra. Após meses de busca, descobri onde estava. Sabia também que ele ainda possuía o diário, pois, enquanto eu estava na Sibéria, recebi uma carta em que me censurava e citava passagens dele. Eu estava certa de que nunca os teria de volta, pois meu marido é muito vingativo. Seria preciso pegá-los sozinha. Com esse objetivo, contratei um detetive particular, que entrou na casa de meu marido como seu secretário – foi seu segundo secretário, Sergius, aquele que o deixou em tão pouco tempo. Ele descobriu que os papéis estavam guardados na cômoda e conseguiu um molde da chave. Ele não iria mais longe do que isso. Forneceu-me uma planta da casa e disse-me que pela manhã o gabinete estava sempre vazio, já que o secretário ficava trabalhando aqui em cima. Por fim, tomei a coragem necessária e vim buscar os papéis eu mesma. Consegui, mas vejam só a que custo!

"Eu recém havia pego os papéis e trancava a cômoda quando o jovem me agarrou. Eu já o tinha visto naquela manhã. Encontrei-o na estrada e perguntei-lhe onde o professor Coram vivia, sem saber que era seu empregado!"

– Exato! Exato! – disse Holmes. – O secretário voltou e contou ao seu empregador a respeito da mulher que havia encontrado. Então, em seu último suspiro, tentou mandar uma mensagem de que fora ela que o matara – essa *ela* a respeito de quem tinha recém-falado com o professor.

– Senhor, deixe-me prosseguir – disse a mulher, e seu rosto contraiu-se em dor. – Ao vê-lo caído, corri para fora da peça, entrei pela porta errada e fui parar no quarto de meu marido. Ele falou qualquer coisa a respeito de me denunciar. Demonstrei-lhe que, se o fizesse, sua vida estaria em minhas mãos. Se me entregasse à lei, eu poderia entregá-lo à Irmandade. Não que eu desejasse mentir para o meu proveito, mas desejava realizar meus propósitos. Ele sabia que eu cumpriria minha ameaça – que seu próprio destino estava agora ligado ao meu. Essa foi a única razão que o levou a me proteger. Ele me enfiou naquele lugar escuro, um esconderijo antigo que só ele conhecia. Como fazia as refeições em seu quarto, podia dar-me parte de sua comida. Combinamos que quando a polícia saísse da casa eu escaparia à noite e jamais retornaria. Mas de alguma forma o senhor adivinhou nosso plano. – Ela tirou um pequeno pacote que carregava junto ao seio, dentro do vestido. – Estas são minhas últimas palavras: aqui está o pacote que salvará Alexis. Confio-o à sua honra e ao seu amor pela justiça. Agora meu dever está cumprido, e assim...

– Parem-na! – gritou Holmes. Ele cruzou sala com um salto e arrancou um pequeno frasco que a mulher tinha nas mãos.

– Tarde demais! – disse ela, afundando na cama. – Tarde demais! Tomei o veneno antes de sair de meu esconderijo. Minha cabeça está tão leve! Estou morrendo... Senhor, encarrego-lhe de lembrar do pacote.

– Um caso simples e ainda assim muito instrutivo – observou Holmes ao voltarmos para a cidade. – Mas desde o início, ele dependia inteiramente do *pince-nez*. Se não fosse a sorte do morto de tê-lo pegado, não sei se teríamos conseguido solucionar o mistério. Era-me claro que o dono daqueles óculos de lentes tão fortes ficaria cego e desorientado sem eles. Quando você quis me convencer de que ela havia caminhado sobre um estreito filete de grama sem dar sequer um passo em falso, disse-lhe que esse seria um feito extraordinário, conforme deve lembrar. Considerei-o de todo impossível, salvo no caso improvável de ela ter um outro par de óculos consigo. Portanto, fui forçado a crer que ela havia permanecido dentro da casa. Ao perceber a semelhança entre os dois corredores, ficou claro que seria fácil ela ter se enganado, e nesse caso era evidente que teria entrado no quarto do professor. Assim, fiquei muito atento a qualquer coisa que pudesse confirmar essa suposição e examinei a sala detidamente, procurando algo que pudesse ser um esconderijo. O carpete pareceu contínuo e firmemente preso ao chão, então desconsiderei a existência de um alçapão. Mas bem que poderia haver um recôndito atrás dos livros. Como você sabe, tais artifícios são comuns em antigas bibliotecas. Observei que os livros estavam dispostos em pilhas por todo o assoalho, mas uma das prateleiras estava vazia e, portanto, poderia ser uma porta. Não via sinal algum que me pudesse orientar, mas o carpete era de uma coloração meio marrom, que se presta muito bem a esse tipo de exame. Portanto, fumei um número enorme daqueles ótimos cigarros e fui batendo as cinzas por todos os lugares em frente à estante. Foi um truque simples, mas muito efetivo. Então desci, Watson, e em sua presença descobri – ainda que você não tenha percebido bem onde eu queria chegar com meus comentários – que o consumo de comida do professor havia aumentado, o que era de se esperar no caso de estar alimentando uma segunda pessoa. Quando descemos novamente à sala, bem, ao derrubar a lata de cigarros, pude ter uma ótima visão do assoalho e ver muito bem, pelos traços deixados pelas cinzas, que a prisioneira havia saído do esconderijo em nossa ausência. Bem, Hopkins, eis-nos aqui em Charing Cross, e parabenizo-o por ter trazido seu caso a bom termo. Você irá para a delegacia de polícia, sem dúvida. Quanto a nós, Watson, creio que iremos juntos à embaixada da Rússia.

O JOGADOR DE RÚGBI DESAPARECIDO

Estávamos bastante acostumados a receber telegramas esquisitos em nossa casa na Baker Street, mas recordo-me especialmente de um que chegou até nós em uma manhã sombria de fevereiro, uns sete ou oito anos atrás, e que deixou o sr. Sherlock Holmes confuso por um bom quarto de hora. O telegrama era endereçado a ele e dizia:

> Aguarde-me. Terrível infortúnio. *Three-quarter* da ala esquerda desaparecido. Indispensável amanhã. OVERTON.

– Carimbo de Strand, enviado às 10h36 – disse Holmes, lendo-o repetidas vezes. – O sr. Overton certamente estava muito nervoso quando o enviou e acabou sendo meio incoerente também. Bem, bem, atrevo-me a dizer que estará aqui quando eu houver acabado de ler o *The Times*, e assim saberemos tudo o que se passa. Mesmo o caso mais insignificante seria bem-vindo em dias parados como esses.

De fato, as coisas andavam bem devagar para nós, e eu aprendera a recear esses períodos, pois sabia por experiência que o intelecto de meu amigo era tão ativo que chegava a ser perigoso deixá-lo sem ocupação. Por anos a fio, eu o havia ajudado a lentamente deixar o vício da droga que outrora pusera sua brilhante carreira a perigo. Agora eu sabia que, em condições normais, ele não precisava mais desse estímulo artificial, mas estava consciente de que esse demônio não morrera: apenas dormia. Eu sabia que seu sono era leve e que o despertar dava-se em períodos de ócio, quando eu via uma certa expressão esboçar-se no rosto ascético de Holmes e quando seus olhos profundos e inescrutáveis tornavam-se pensativos. Assim, abençoei o tal sr. Overton – fosse ele quem fosse – por ter enviado sua mensagem enigmática. Graças a ela, perturbara-se a perigosa calma que trazia para o meu amigo uma ameaça maior do que todas as intempéries turbulentas de sua vida.

Conforme esperávamos, ao telegrama seguiu-se em breve a visita de seu remetente, e o cartão do sr. Cyril Overton, do Trinity College, Cambridge, anunciou a chegada de um jovem enorme, cem quilos de ossos e músculos sólidos, que encobria a passagem da porta com seus ombros largos e olhava-nos alternadamente com um rosto belo, ainda que atormentado pela ansiedade.

– Sr. Sherlock Holmes?

Meu companheiro fez-lhe uma mesura.

– Estive na Scotland Yard, sr. Holmes. Falei com o inspetor Stanley Hopkins. Ele me aconselhou a vir até o senhor, pois disse que o caso, segundo entendia, tinha mais a ver com a sua especialidade do que com a da polícia.

– Por gentileza, sente-se e me conte qual é o problema.

– É terrível, sr. Holmes, simplesmente terrível! Não sei como meus cabelos não ficaram grisalhos. Godfrey Staunton – com certeza o senhor já ouviu falar dele, não? Todo o time depende dele. Se eu tivesse de optar, preferiria ter Godfrey como meu *three-quarter* mesmo com dois jogadores a menos no time. Seja nos passes, na marcação ou nos dribles, não há páreo para ele; e é ele quem nos mantém unidos. O que farei? É o que lhe pergunto, sr. Holmes. Temos Moorhouse, nosso primeiro reserva, mas ele recebeu treinamento de meio-campo, e sempre avança direto em direção ao *scrum* em vez de se manter na linha lateral. Sem dúvida ele é um ótimo *place-kick*, mas não tem muito discernimento nem arranque. Ora, tanto Morton como Johnson, os jogadores mais rápidos de Oxford, poderiam detê-lo sem dificuldades. Stevenson é rápido o suficiente, mas não poderia tentar um lance da linha de 25 jardas, e um *three-quarter* que não é bom nem no drible nem na finalização não merece uma vaga apenas por ser ligeiro. Não, sr. Holmes, estamos acabados a não ser que possa ajudar-me a encontrar Godfrey Staunton.*

Meu amigo ficou divertidamente surpreso ao escutar esse longo discurso, proferido com vigor e seriedade extraordinários; para enfatizar cada um de seus argumentos, nosso interlocutor dava um tapa sobre o joelho com sua mão musculosa. Quando terminou, Holmes estendeu a mão e buscou a letra S em seu livro de anotações. Dessa vez, buscava em vão algo que não constava naquela mina de informações.

– Há Arthur H. Staunton, o jovem falsificador em ascensão, e havia Henry Staunton, que ajudei a mandar para a forca, mas Godfrey Staunton é um nome novo para mim.

Foi a vez de o nosso visitante ficar surpreso.

– Ora, sr. Holmes, achei que o senhor fosse informado – disse ele. – Suponho que, se nunca ouviu falar de Godfrey Staunton, também não irá conhecer Cyril Overton.

---

* Os diversos termos em itálico empregados por Overton pertencem ao jargão do rúgbi. (N. do T.)

Holmes balançou a cabeça com bom-humor.

– Não é possível! – gritou o atleta. Ora, eu fui primeiro reserva no jogo da Inglaterra contra o País de Gales, e treinei o time oficial da universidade durante este ano. Mas isso não é nada. Não achei que houvesse viva alma na Inglaterra que não conhecesse Godfrey Staunton, o incrível *three-quarter*, Cambridge, Blackheath, e cinco internacionais. Meu Deus! sr. Holmes, *em que mundo o senhor vive*?

Holmes riu diante da surpresa ingênua daquele jovem.

– O senhor mora em um mundo diferente do meu, sr. Overton, mora em um mundo mais doce e mais saudável. Meu trabalho se ramifica por diversos setores da sociedade, mas nunca – alegro-me em dizer – chegou até o esporte amador, que é o que há de melhor na Inglaterra. Entretanto, sua visita inesperada demonstra que mesmo nesse mundo de ar fresco e *fair play** pode haver trabalho para mim; assim sendo, solicito que sente-se e conte com calma o que aconteceu e explique de que forma deseja que eu o ajude.

O rosto do jovem Overton adquiriu a expressão perturbada de um desportista que está mais acostumado a usar os músculos do que o cérebro; mas gradualmente, com muitas repetições e obscuridades que me reservo o direito de omitir de sua narrativa, desfiou sua história diante de nós.

– É assim, sr. Holmes. Como eu disse, sou o treinador do time oficial de *rugger*** de Cambridge, e Godfrey Staunton é meu melhor jogador. Amanhã jogaremos contra Oxford. Ontem chegamos e nos instalamos no

* Jogo limpo. (N. do T.)

** Palavra informal para designar rúgbi. (N. do T.)

hotel Bentley's. Às dez horas, fui me certificar de que todos os jogadores já estavam em suas camas, pois acredito que um treinamento rígido e muito sono são o segredo para manter um time em boa forma. Troquei uma ou duas palavras com Godfrey antes de ele entrar para o quarto. Estava pálido e transtornado. Perguntei qual era o problema, mas ele disse que tudo estava bem – era apenas um pouco de dor de cabeça. Desejei-lhe boa noite e fui embora. Meia hora depois, o porteiro me chamou, dizendo que um homem de aparência grosseira e barba tinha aparecido com um bilhete para Godfrey. Ele ainda não estava deitado, e o bilhete foi levado até seu quarto. Godfrey leu o papel e caiu para trás em sua cadeira. O porteiro ficou muito assustado e decidiu me chamar, mas Godfrey o impediu, tomou um gole d'água e se recompôs. Então desceu as escadas, disse algumas palavras ao homem que estava esperando no saguão, e saíram juntos. A última coisa que o porteiro viu foi os dois quase correndo rua abaixo em direção a Strand. Hoje pela manhã, o quarto de Godfrey estava vazio, a cama não estava desfeita, e todas as suas coisas estavam exatamente do mesmo jeito que eu as tinha visto na noite anterior. Ele foi embora com esse homem sem nenhum aviso, e não ouvi nenhuma notícia a seu respeito desde então. Não creio que volte. Ele era um desportista, era Godfrey, Godfrey até o tutano dos ossos, e não teria interrompido seu treinamento e desapontado seu treinador se não fosse por algum motivo forte o suficiente. Não; sinto como se ele tivesse partido para sempre, como se jamais fôssemos vê-lo novamente.

Sherlock Holmes escutou com profunda atenção essa narrativa tão singular.

– E o que o senhor fez? – perguntou.

– Mandei um telegrama para Cambridge para saber se alguém por lá tinha notícias dele. Recebi uma resposta. Ninguém o viu.

– Então ele poderia ter voltado a Cambridge?

– Sim, há um trem noturno às 11h15.

– Mas, até onde o senhor pode afirmar, ele não o pegou?

– Não, ninguém o viu.

– E o que o senhor fez a seguir?

– Mandei um telegrama para *lord* Mount-James.

– Por que para *lord* Mount-James?

– Godfrey é órfão, e esse é seu parente mais próximo – seu tio, creio.

– Muito bem. Isso esclarece um pouco o problema. *Lord* Mount-James é um dos homens mais ricos da Inglaterra.

– É o que Godfrey dizia.

– E o seu amigo era um parente próximo?

– Sim, era seu herdeiro, e o velho já está perto dos oitenta – e cheio de problemas de saúde, como gota. Dizem que poderia usar os nós dos dedos em vez de giz nos tacos de bilhar. Jamais deu um tostão sequer a Godfrey, pois é extremamente sovina, mas o dinheiro vai acabar ficando para o meu amigo.

– O senhor obteve alguma resposta de *lord* Mount-James?

– Não.

– O que poderia levar seu amigo a procurar *lord* Mount-James?

– Bem, havia algo lhe incomodando na noite anterior, e caso isso tivesse a ver com dinheiro, bem que poderia procurar seu parente mais próximo, que tem tanto – apesar de que as chances de conseguir alguma coisa seriam mínimas, segundo o que me disseram.

Godfrey não era muito chegado ao velho. Não o procuraria a não ser como último recurso.

– Bem, em breve poderemos determinar isso. Se o seu amigo estava indo encontrar *lord* Mount-James, então nos resta explicar a visita do homem de aparência grosseira tão tarde da noite e a perturbação causada por ela.

Cyril Overton apertou as mãos contra a cabeça.

– Não consigo entender nada disso! – disse ele.

– Bem, bem, terei o dia livre, e será um prazer investigar o caso – disse Holmes. – Mas recomendo sinceramente que se prepare para a partida sem contar com esse cavalheiro. Como o senhor mesmo disse, somente uma necessidade premente para afastá-lo do jogo dessa forma, e é provável que essa mesma necessidade vá mantê-lo afastado. Vamos caminhar juntos até o hotel para ver se o porteiro tem algum outro esclarecimento a nos dar.

Sherlock Holmes era um mestre na arte de deixar testemunhas humildes à vontade, e muito em breve, na privacidade do quarto abandonado de Godfrey Staunton, ele obteve tudo o que o porteiro tinha a dizer. O visitante da noite anterior não era um cavalheiro, sequer um trabalhador. Era simplesmente o que o porteiro descreveu como um "camarada normal"; um homem de seus cinqüenta anos, barba grisalha, rosto pálido e trajes sóbrios. Ele pareceu estar nervoso também. O porteiro afirmou ter notado que sua mão tremia quando ele entregou o bilhete. Godfrey Staunton enfiara-o no bolso. Ele não havia apertado a mão do homem no saguão. Trocaram algumas frases, mas o porteiro só conseguiu distinguir a palavra "tempo". E então apressaram-se a sair, conforme já foi descrito. Era recém dez e meia no relógio do saguão.

– Deixe-me ver – disse Holmes, sentando-se sobre a cama de Staunton. – O senhor é o porteiro diurno, não?

– Sim, senhor; saio às onze.

– O porteiro noturno não viu nada, creio eu?

– Não, senhor; somente um grupo de teatro chegou mais tarde. Além deles, ninguém mais.

– O senhor esteve em serviço o dia todo ontem?

– Sim, senhor.

– Levou alguma mensagem para o sr. Staunton?

– Sim, senhor; um telegrama.

– Ah! Isso é interessante. A que horas?

– Pelas seis.

– Onde o sr. Staunton estava quando recebeu o telegrama?

– Aqui neste quarto.

– O senhor estava presente quando ele o abriu?

– Sim, senhor; aguardei para ver se enviaria uma resposta.

– Bem, ele enviou?

– Sim, senhor. Escreveu uma resposta.

– Foi o senhor quem a levou?

– Não; ele a levou pessoalmente.

– Mas escreveu-a em sua presença?

– Sim, senhor. Eu estava ao lado da porta, e ele estava de costas, sentado junto àquela mesa. Quando terminou de escrever, ele disse: "Muito bem, porteiro, eu mesmo vou me encarregar disto".

– O que ele usou para escrever?

– Uma caneta, senhor.

– O formulário telegráfico era um daqueles em cima da mesa?

– Sim, senhor; o que estava em cima.

Holmes ergueu-se. Levando consigo os formulários,

foi até a janela e examinou cuidadosamente o que se encontrava mais em cima.

– É uma pena ele não ter escrito a lápis – disse, jogando-os novamente sobre a mesa e dando de ombros em seu desapontamento. – Como você sem dúvida já observou, Watson, eles geralmente deixam uma impressão que atravessa o papel – fato que já causou a ruína de muitos casamentos felizes. No entanto, não encontro traço algum aqui. Ainda assim, alegro-me ao perceber que ele utilizou uma pena de ponta larga, e não duvido de que iremos encontrar alguma impressão neste mata-borrão. Ah, sim, aqui está ela!

Ele arrancou uma tira do papel mata-borrão e virou em nossa direção a seguinte mensagem cifrada:

Cyril Overton ficou muito entusiasmado.

– Segure-o em frente ao espelho! – gritou.

– Não será necessário – disse Holmes. – O papel é bem fino, e no lado avesso poderemos ler a mensagem. Ei-la. – Ele virou o papel, e então lemos:

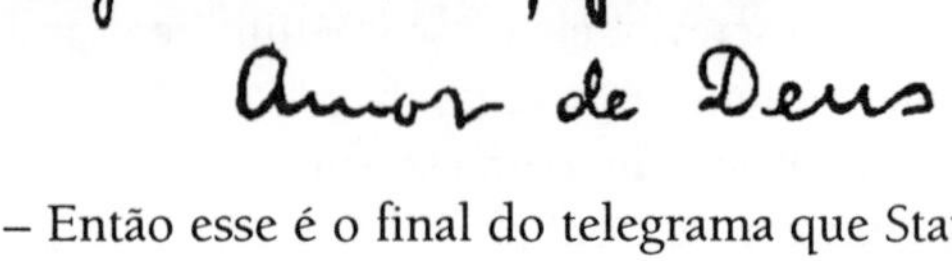

– Então esse é o final do telegrama que Staunton despachou poucas horas antes de desaparecer. Há pelo menos seis palavras que nos faltam, mas o que restou – "ajude-nos, pelo amor de Deus" – prova que esse jovem pressentiu algum perigo formidável se aproximando e que havia alguém que poderia protegê-lo. "Ajude-*nos*", vejam bem! Havia outra pessoa envolvida. Quem mais seria senão o homem pálido e barbado que também se apresentou com os nervos tão à flor da pele? Qual é a ligação entre Godfrey Staunton e o homem barbado? E quem é essa terceira pessoa que cada um deles procurou para que lhe ajudasse? Nosso campo investigativo já está bem delimitado.

– Temos apenas de descobrir a quem esse telegrama foi endereçado – sugeri.

– Exatamente, meu caro Watson. Sua reflexão, ainda que muito profunda, chegou a cruzar meus pensamentos. Mas atrevo-me a dizer que, ao entrar em uma agência de correio e solicitar o recibo da mensagem de uma outra pessoa, encontraremos uma certa relutância da parte dos funcionários em colaborar. Isso envolve muita burocracia! Mesmo assim, não tenho dúvidas de que com um pouco de delicadeza e *finesse* poderemos atingir nosso objetivo. Enquanto isso, gostaria de examinar estes papéis que ficaram em cima da mesa em sua presença, sr. Overton.

Havia uma porção de cartas, contas e cadernos de anotações, que Holmes desvirava e examinava com seus dedos ligeiros e nervosos e seu olhar dardejante. – Não há nada aqui – disse ele por fim. – A propósito, seu amigo era um sujeito jovem e saudável – não havia nada de errado com ele?

– Não, tinha uma saúde de ferro.

– O senhor soube se já esteve doente em alguma ocasião?

– Nunca. Ele já ficou de cama por causa de uma tosse seca, e uma vez deslocou a rótula, mas isso não foi nada.

– Talvez não fosse tão forte como o senhor supõe.

Creio que ele tivesse algum mal secreto. Se o senhor assentir, guardarei alguns destes papéis em meu bolso, no caso de terem alguma relevância futura.

– Um momento, um momento! – gritou uma voz impertinente. Deparamo-nos com um estranho velhinho de movimentos convulsivos e espasmódicos no umbral da porta. Estava vestido de preto e usava uma cartola de abas muito largas e uma gravata branca e frouxa – a impressão que passava era a de um pastor muito simples ou de um agente funerário. Todavia, a despeito de sua aparência maltrapilha e até mesmo ridícula, sua voz tinha um timbre muito marcante, e seus modos, uma força tal que exigia atenção.

– Quem é o senhor e com que direito mexe nos papéis desse cavalheiro? – perguntou ele.

– Sou um detetive particular e estou tentando explicar seu desaparecimento.

– Ah, o senhor é detetive, é? E quem foi que o contratou?

– A Scotland Yard indicou meu nome a este cavalheiro, que é amigo do sr. Staunton.

– E quem é o senhor?

– Sou Cyril Overton.

– Então foi o senhor que me mandou um telegrama. Meu nome é *lord* Mount-James. Vim para o cá o mais rápido que pude com a carruagem de Bayswater. Então o senhor contratou um detetive?

– Sim, senhor.

– E o senhor está preparado para arcar com os custos?

– Não tenho dúvidas, senhor, de que meu amigo Godfrey irá fazê-lo assim que o encontrarmos.

– Mas e se ele não for encontrado, hã? Responda-me como fica!

– Nesse caso, é certo que sua família...

– Nada disso, meu senhor! – gritou o homenzinho. – Não conte com um centavo meu – nem um centavo! O senhor deve entender isso também, senhor detetive! Eu sou a única família que resta a esse jovem, e digo-lhes que não assumo essa responsabilidade. Quaisquer expectativas que ele possa ter devem-se ao fato de que jamais desperdicei dinheiro, mas não me proponho a fazê-lo agora. Quanto aos papéis que o senhor manuseia tão despreocupadamente, devo adverti-lo de que se houver algo de valor aí no meio, terá de responder pelo que quer que faça com eles.

– Muito bem, senhor – disse Sherlock Holmes. – Enquanto isso, poderia perguntar-lhe se tem alguma teoria para explicar o desaparecimento do jovem?

– Não, senhor, não tenho. Ele tem idade suficiente para cuidar de si mesmo, e se foi tão estúpido a ponto de se perder, recuso-me completamente a aceitar a responsabilidade de encontrá-lo.

– Entendo sua posição – disse Holmes, com um brilho arteiro no olhar. – Mas creio que o senhor não entende a minha. Godfrey Staunton parece ter sido um homem pobre. Caso tenha sido raptado, isso não se deve a nada que ele possua. Mas sua fortuna já é conhecida até mesmo no estrangeiro, *lord* Mount-James, e é bem possível que um bando de gatunos esteja mantendo seu sobrinho como refém para extrair dele informações sobre sua casa, seus hábitos e seu tesouro.

O rosto do nosso pequeno e desagradável visitante ficou tão branco quanto sua gravata.

– Oh, céus, senhor! Que idéia! Jamais havia pensado em tamanha vilania! Ah, esses larápios que estão à solta! Mas Godfrey é um bom garoto – um garoto leal. Nada o levaria a entregar seu tio. Vou mandar a prataria e os lingotes para o banco ainda esta noite. Enquanto isso, não poupe seus esforços, senhor detetive. Suplico-lhe que faça o possível e o impossível para trazê-lo de volta em segurança. Quanto ao pagamento, bem, pode esperar que eu lhe dê uma nota de cinco, ou quem sabe até uma de dez libras.

Mesmo nesse estado de espírito perturbado, o nobre sovina não tinha nenhuma informação útil para nos dar, pois pouco sabia a respeito da vida particular de seu sobrinho. Nossa única pista era o telegrama truncado, e, com uma cópia dele em mãos, Holmes saiu em busca do segundo elo em sua corrente. Conseguimos nos livrar de *lord* Mount-James, e Overton foi falar com os demais membros de sua equipe sobre o infortúnio que se abatera sobre eles. Havia um escritório telegráfico perto do hotel, em frente ao qual nos detivemos.

– Não custa tentar, Watson – disse Holmes. – Claro, com um mandado podemos exigir que nos mostrem o recibo, mas ainda não temos um. Não creio que se lembrem das fisionomias em um lugar movimentado como este. Vamos arriscar.

– Lamento interrompê-la – disse ele de modo extremamente delicado à moça atrás do balcão –, houve um pequeno engano em um telegrama que enviei ontem. Não recebi resposta, e temo ter esquecido de escrever meu nome no final. Poderia dizer-me se isso de fato ocorreu?

A moça virou um maço de recibos.

– Que horas foi isso?

– Um pouco depois das seis.

– E quem era o destinatário?

Holmes colocou um dedo sobre os lábios e olhou para mim.

– As últimas palavras eram "pelo amor de Deus", sussurrou confidencialmente. – Estou muito ansioso por não ter recebido uma resposta.

A moça separou um dos papéis.

– Aqui está. Não há nome – disse ela, alisando-o sobre o balcão.

– É claro, isso explica eu não ter recebido resposta – disse Holmes. – De fato, foi muita estupidez minha! Tenha um bom-dia, senhorita, e muito obrigado por ter me tirado esse peso da consciência. – Ele riu sozinho e esfregou as mãos quando ficamos a sós novamente.

– E então? – perguntei.

– Estamos progredindo, meu caro Watson; estamos progredindo. Eu havia pensado em sete maneiras de conseguir aquele telegrama, mas dificilmente imaginaria que o conseguiríamos na primeira.

– E o que você conseguiu?

– Um ponto de partida para nossas investigações. – Ele fez sinal para um coche. – Para a estação de King's Cross!

– Faremos uma viagem, então?

– Sim, creio que temos de ir a Cambridge juntos. Todas as pistas apontam nessa direção.

– Diga-me – pedi enquanto chacoalhávamos ao subir a Gray's Inn Road –, você já tem alguma suspeita sobre a causa dessa desaparição? Não creio termos nos envolvido anteriormente em um caso cujos motivos fossem tão obscuros. Você não acha mesmo que ele foi raptado para dar informações a respeito da fortuna de seu tio, certo?

– Confesso, meu caro Watson, que essa não me parece uma explicação provável. No entanto, achei que seria a que mais interessaria ao nosso desagradabilíssimo velhote.

– Com certeza funcionou. Mas quais são as outras possibilidades?

– Eu poderia mencionar várias. Você tem de admitir que é muito curioso e sugestivo que esse incidente tenha ocorrido na véspera de uma partida tão importante e que tenha atingido o único homem cuja presença parece indispensável para o sucesso do time. Claro, pode ser que não passe de coincidência, mas é interessante. Ainda que oficialmente não haja apostas no esporte amador, o público as faz por fora, e é bem possível que alguém tenha influenciado nosso jogador por meio de suborno ou de algum outro meio, como os rufiões do turfe fazem com os cavalos. Essa é uma explicação. Uma segunda possibilidade é que esse homem realmente seja o herdeiro de bens vultosos, ainda que se apresente como uma pessoa modesta atualmente, e não é impossível que um complô para raptá-lo e exigir um resgate tenha sido engendrado.

– Mas essas teorias não explicam o telegrama.

– É verdade, Watson. O telegrama permanece como a única coisa concreta que temos para investigar, e não devemos permitir que nossa atenção se desvie dele. E é para esclarecer o propósito dele que estamos agora a caminho de Cambridge. O rumo de nossa investigação é obscuro neste momento, mas ficarei surpreso se até o anoitecer não a tenhamos resolvido ou, pelo menos, feito progressos consideráveis.

Já estava escuro quando chegamos à antiga cidade universitária. Holmes pegou um coche na estação e pediu ao condutor que nos levasse até a casa do dr. Leslie Armstrong. Após alguns minutos estávamos parados defronte a uma enorme mansão em uma estrada movimentadíssima. Fizeram-nos entrar, e, após uma longa espera, fomos admitidos no consultório, onde encontramos o doutor sentado atrás de sua mesa.

O fato de não conhecer o nome Leslie Armstrong demonstra o quanto perdi contato com a minha profissão. Agora sei que não apenas é um dos diretores da escola de medicina da universidade, mas também um pensador conhecido em toda a Europa em diversos campos da ciência. Todavia, mesmo sem conhecer seu currículo brilhante, ninguém deixaria de se impressionar com um mero olhar em sua direção – o rosto quadrado e largo, os olhos pensativos encobertos sob as sobrancelhas e o talhe granítico de sua rígida mandíbula. Um homem de caráter forte, com uma mente ativa, severo, ascético, contido, que impunha respeito – foi assim que vi o dr. Leslie Armstrong. Ele segurou o cartão de meu amigo em sua mão e olhou para cima com uma expressão não muito satisfeita no semblante austero.

– Já ouvi seu nome, sr. Sherlock Holmes; sei qual é a sua ocupação e devo dizer que não a aprovo.

– Nesse ponto, doutor, o senhor concorda com todos os criminosos em nosso país – disse meu amigo em voz baixa.

– Enquanto seus esforços sejam devotados ao combate ao crime, senhor, receberão apoio de qualquer pessoa razoável de nossa comunidade, ainda que eu creia bastar o aparato oficial para fazê-lo. Mas sua atividade torna-se criticável no momento em que o senhor se envolve com os assuntos pessoais de certos indivíduos, quando se intromete em segredos de família que deveriam permanecer escondidos e quando inadvertidamente desperdiça o tempo de homens que são mais ocupados que o senhor. Neste momento, por exemplo, eu deveria estar escrevendo um tratado em vez de ficar conversando.

– Sem dúvida, doutor; todavia esta conversa pode mostrar-se mais importante que o tratado. Inadvertidamente, posso acabar informando-lhe de que estamos fazendo exatamente o oposto do que nos acusa e tentando ao máximo evitar a exposição pública de assuntos privados, que é o que necessariamente acontece uma vez que caiam nas mãos da polícia institucionalizada. O senhor pode ver-me como um pioneiro que chega antes das forças oficiais do país. Vim para lhe fazer perguntas sobre o sr. Godfrey Staunton.

– O que tem ele?

– O senhor o conhece, não?

– É meu amigo íntimo.

– Sabe que ele desapareceu?

– Ah, é mesmo? – A expressão obstinada do doutor permaneceu inalterada.

– Saiu do hotel noite passada e até agora não temos notícias dele.

– Sem dúvida voltará.

– Amanhã é a partida de rúgbi entre os times oficiais.

– Não tenho nenhuma simpatia por esses jogos pueris. O destino desse jovem muito me interessa, já que o conheço e aprecio. Mas a partida não faz parte das minhas preocupações.

– Peço-lhe então que colabore com minha investigação a respeito do destino do sr. Staunton. Sabe onde ele se encontra?

– De forma alguma.

– E desde ontem não o vê?

– Correto.

– O sr. Staunton era um homem sadio?

– Com certeza.

– Sabe se ele já esteve doente em alguma ocasião?

– Nunca.

Holmes sacou uma folha de papel diante dos olhos do doutor.

– Então talvez possa explicar esse recibo no valor de treze guinéus pagos no mês passado pelo sr. Godfrey Staunton ao dr. Leslie Armstrong, de Cambridge. Encontrei-o junto com os demais papéis na mesa dele.

A raiva subiu à cabeça do doutor, enrubescendo-o.

– Não vejo qualquer motivo para lhe dar satisfação quanto a isso, sr. Holmes.

Holmes guardou o recibo em sua agenda.

– Se preferir, podemos aguardar uma explicação pública mais cedo ou mais tarde – disse ele. – Já lhe disse que posso manter em sigilo aquilo que os outros com certeza publicariam, e seria muito sensato de sua parte ter confiança em mim.

– Não sei do que está falando.

– O senhor recebeu notícias do sr. Staunton enquanto ele estava em Londres?

– Por certo que não.

– Ora, ora! Novamente o correio! – Holmes suspirou, fatigado. – Godfrey Staunton despachou um telegrama urgentíssimo de Londres para o senhor às 18h15 de ontem – um telegrama sem dúvida relacionado a seu desaparecimento –, e no entanto o senhor não o recebeu. É indesculpável. Certamente irei ao correio daqui registrar uma queixa.

O dr. Leslie Armstrong saltou atrás de sua mesa, com uma fúria escarlate em seu rosto.

– Farei a indelicadeza de solicitar que se retire de minha casa, senhor – disse ele. – Pode mandar dizer ao seu empregador, *lord* Mount-James, que não quero me envolver de forma alguma com ele ou com seus agentes. Não senhor, não direi mais uma palavra! – e soou a sineta furiosamente. – John, acompanhe os cavalheiros até a saída! – Um mordomo pomposo conduziu-nos de forma severa até a porta, e então estávamos na rua. Holmes desatou a rir.

– O dr. Leslie Armstrong com certeza é um homem de muita força e caráter – disse ele. – Jamais havia encontrado um homem com mais talento para, se assim o quisesse, preencher o vazio deixado pelo ilustre Moriarty*. E agora, meu pobre Watson, eis-nos aqui, sem recursos e sem amigos, nesta cidade pouco hospitaleira da qual não podemos sair sem abandonarmos nosso caso. Esta pequena pousada em frente à casa de Armstrong é singularmente apropriada às nossas necessidades. Se você pudesse ocupar um quarto de frente e comprar o que for necessário para passarmos a noite, talvez eu tenha tempo de fazer algumas investigações.

Essas investigações mostraram-se, entretanto, um processo muito mais longo do que Holmes imaginara, pois não retornou à pousada antes das nove da noite. Estava pálido e cabisbaixo, sujo de pó, exausto, fatigado e faminto. Um jantar frio estava posto sobre a mesa, e assim que suas necessidades foram satisfeitas e seu cachimbo, aceso, ele prontamente adotou aquela postura meio cômica e de todo filosófica que lhe vinha naturalmente quando as coisas iam mal. O som de rodas de carruagem fez com que se levantasse e espiasse para fora da janela. Sob o brilho de um lampião, uma sege e uma parelha de cavalos cinzentos estavam parados diante da porta do doutor.

---

* Sherlock Holmes refere-se ao professor Moriarty, seu arquiinimigo, cujas aventuras são narradas nos contos "A casa vazia" (no livro *A ciclista solitária e outras histórias*, vol. 189), "O problema final" (em *Memórias de Sherlock Holmes*, vol. 166) e no romance *O vale do terror*, vol. 136, todos já publicados na coleção L&PM Pocket. (N. do T.)

– Esteve fora por três horas – disse Holmes –; saiu às seis e meia, e ei-la de volta. Isso daria um raio de uns quinze ou vinte quilômetros, e ele percorre esse trajeto duas, ou mesmo três vezes ao dia.

– Não é incomum, em se tratando de um médico.

– Mas Armstrong não é exatamente um médico praticante. Ele é palestrante e consultor, mas não gosta de exercer a profissão, pois isso desvia sua atenção de seu trabalho literário. Por que, então, faz essas longas jornadas, que lhe devem ser fastidiosas, e quem é que ele vai ver?

– O cocheiro...

– Meu caro Watson, você tem alguma dúvida de que ele tenha sido a primeira pessoa a quem me dirigi? Não sei se foi graças à sua perversidade natural ou a alguma ordem de seu patrão, mas ele foi grosseiro a ponto de soltar um cachorro em cima de mim. Nem o cão nem o homem gostaram do aspecto de meu bastão, no entanto, e assim o problema foi resolvido. Isso foi prejudicial às nossas relações, e assim uma sondagem mais detalhada ficou fora de questão. Tudo o que descobri foi graças a um nativo muito amigável, que estava no jardim de nossa própria pousada. Foi ele quem me falou a respeito dos hábitos do doutor e de sua rotina diária. Nesse momento, como que para confirmar as palavras dele, a carruagem chegou à porta do doutor.

– Você não poderia tê-la seguido?

– Excelente, Watson! Hoje você está iluminado! Essa idéia me passou pela cabeça. Como deve ter visto, há uma loja de bicicletas ao lado de nossa pousada. Entrei correndo nela, aluguei uma bicicleta e consegui partir antes de perder a carruagem de vista. Em pouco tempo a alcancei e, então, mantendo uma distância discreta de uns cem metros, segui suas luzes até que estivéssemos fora da cidade. Já havíamos percorrido um bom trecho em uma estrada de chão, quando ocorreu um incidente algo vexaminoso. A carruagem parou e o doutor apeou-se, retornou caminhando rapidamente até o ponto onde eu estava também parado e me disse de forma perfeitamente sardônica que temia que a estrada fosse demasiado estreita e esperava que sua carruagem não fosse impedir a minha passagem. Nada poderia ter sido mais admirável do que a maneira com que tratou o assunto. Assim, passei por sua carruagem e, mantendo-me na estrada principal, prossegui por alguns quilômetros; então parei em um lugar conveniente para ver se a carruagem passaria. Não vi sinal dela, no entanto, e ficou claro que ele havia tomado alguma das diversas estradas secundárias que eu observara. Retornei, mas novamente nada avistei da carruagem, e agora, como você bem vê, ela é que veio atrás de mim. Claro que a princípio eu não tinha nenhum motivo particular para associar essas jornadas com o desaparecimento de Godfrey Staunton e estava inclinado a tão-somente investigá-las com base no fato de que tudo o que diz respeito ao sr. Armstrong é de interesse para nós; mas, agora que descobri que ele mantém qualquer um que o queira seguir em suas excursões sob uma vigilância tão estrita, o assunto ganha mais importância, e não me darei por satisfeito até esclarecê-lo.

– Podemos segui-lo amanhã.

– Podemos, é? Não é tão fácil quanto você parece pensar. Você não conhece a geografia local muito bem, certo? Não é um ambiente muito propício para se ocultar. O trecho que percorri hoje à noite é liso como a palma de sua mão, e o homem que estamos seguindo não é nenhum bobo, como muito bem demonstrou agora há pouco. Enviei um telegrama a Overton para que nos comunicasse quaisquer progressos nas investigações em Londres para esse endereço, e entrementes tudo o que temos a fazer é concentrar nossa atenção sobre esse dr. Armstrong, cujo nome a gentil moça da agência me permitiu ler no recibo da mensagem urgente enviada por Staunton. O doutor sabe onde nosso jovem se encontra – tenho certeza disso –, e se sabe, então devemos considerar-nos culpados se não dermos um jeito de sabê-lo também. Atualmente, devemos admitir que a vantagem está ao lado dele, e, como você sabe, Watson, não costumo deixar o jogo assim por muito tempo.

Entretanto, no dia seguinte não havíamos chegado mais perto da solução do mistério. Recebemos um bilhete após o café-da-manhã, que Holmes, com um sorriso, alcançou-me.

> "Senhor [assim ele começava]: garanto-lhe que está desperdiçando seu tempo ao seguir meus movimentos. Conforme descobriu noite passada, possuo uma janela na parte posterior de minha sege, e, se desejar dar um passeio de quarenta quilômetros de onde partimos que o levará de volta ao lugar, basta seguir-me; entretanto, devo adverti-lo de que me espiar não ajudará o sr. Godfrey Staunton em nada, e estou convencido de que o melhor serviço que o senhor poderia prestar a esse cavalheiro seria retornar a Londres e informar seu empregador de que foi incapaz de rastreá-lo. Sem dúvida o senhor desperdiça seu tempo em Cambridge.
>
> Cordialmente,
>
> LESLIE ARMSTRONG."

– O doutor é um antagonista honesto e declarado – disse Holmes. – Bem, bem, ele desperta minha curiosidade e realmente necessito descobrir mais antes de deixá-lo.

– A carruagem dele o aguarda na porta agora – observei. – Lá está ele a adentrá-la. Vi que, ao fazer isso, ele lançou um olhar para a nossa janela. Que tal se eu experimentasse pegar a bicicleta?

– Não, não, meu caro Watson! Com todo o respeito pela sua perspicácia natural, não acho que você seja páreo para o valoroso doutor. Creio poder atingir nosso objetivo por meio de investigações à parte. Temo, no entanto, ter de deixá-lo sozinho, uma vez que *dois* estranhos fazendo perguntas em uma pacata cidade do interior poderia despertar mais boatos do que eu gostaria. Sem dúvida, você encontrará algo para entretê-lo nesta admirável cidade, e espero retornar com um relatório mais favorável antes do anoitecer.

Uma vez mais, entretanto, meu amigo estava fadado a se desapontar. Ele retornou à noite, exausto e sem novidades.

– Tive um dia em branco, Watson. Após observar o caminho que o doutor tomava, passei o dia visitando os vilarejos naquela parte de Cambridge e comparando minhas notas com as informações fornecidas por donos de *pubs* e outras fontes de informação locais. Cobri as regiões de Chesterton, Histon, Waterbeach e Oakington e desapontei-me em todas elas. A aparição diária de uma sege com uma parelha dificilmente passaria despercebida em lugares tão ermos. Mais um ponto para o nosso doutor. Há algum telegrama para mim?

– Sim, já o abri. Aqui está: "Fale com Jeremy Dixon, do Trinity College, e pergunte-lhe por Pompey". Não compreendo.

– Ah, isso está bem claro. É nosso amigo Overton, enviando a resposta a uma pergunta que eu havia lhe mandado. Vou despachar uma mensagem para o sr. Jeremy Dixon, então tenho certeza que nossa sorte vai mudar. A propósito, tem alguma notícia a respeito da partida?

– Sim, o jornal da tarde tem um excelente artigo sobre ela na edição de hoje. Oxford venceu por um gol e dois *tries**. A última frase da descrição diz que "a derrota do Light Blues pode somente ser atribuída à lamentável ausência do destaque internacional, Godfrey Staunton, que foi sentida a cada instante da partida. A falta de combinação na linha de três quartos e a deficiência no ataque e na defesa neutralizaram completamente os esforços e a dedicação desse time de peso".

– Então as previsões de nosso amigo Overton se concretizaram – disse Holmes. – De minha parte, concordo com o sr. Armstrong, e o rúgbi não faz parte de minhas preocupações. Para a cama cedo hoje, Watson, pois prevejo que amanhã será um dia cheio.

Aterrorizei-me à mera visão de Holmes na manhã seguinte, pois estava sentado ao lado do fogo, segurando sua minúscula seringa hipodérmica. Associei esse fato àquela sua fraqueza de caráter, e temi o pior quando vi a seringa reluzindo em sua mão. Ele riu de minha expressão apreensiva e colocou-a sobre a mesa.

– Não, não, meu camarada, não há motivo para alarme. Nesta ocasião não se trata de um instrumento do mal, pelo contrário: essa seringa será a chave para nossos mistérios. Todas as minhas esperanças se baseiam nela. Há pouco retornei de uma pequena expedição, e tudo está a nosso favor. Tome um café farto, Watson, pois proponho colocarmo-nos no encalço do dr. Armstrong hoje,

* O termo refere-se à contagem de pontos no rúgbi. (N. do T.)

e, uma vez assim ocupados, não poderemos parar para comer ou descansar antes que o tenhamos seguido até sua toca.

– Nesse caso – respondi –, é melhor levarmos o café conosco, pois ele está começando cedo. Sua carruagem o espera na porta.

– Não tem problema. Deixe-o ir. Ele será bem esperto se conseguir passar por lugares onde eu não possa segui-lo. Quando terminar desça comigo, vou apresentá-lo a um eminente detetive, especialista na tarefa que temos diante de nós.

Quando descemos, segui Holmes até a estrebaria, onde ele abriu a portinhola de uma baia e de lá saiu um cão atarracado, de orelhas caídas e cor creme – algo como o cruzamento de um *beagle* com um *foxhound*.

– Permita-me apresentá-lo a Pompey – disse ele. – Pompey é o orgulho dos cães farejadores locais – não muito ligeiro, como seu porte demonstra, mas uma vez que fareja algo, persegue-o até o fim. Bem, Pompey, você pode não ser muito rápido, mas acho que será rápido até demais para uma certa dupla de cavalheiros londrinos de meia-idade; assim, tomarei a liberdade de ligar esta guia de couro à sua coleira. Agora, garoto, vamos lá, mostre-nos o que sabe fazer! – Holmes levou-o até a porta do doutor. O cão farejou ao redor por um instante e, com um ganido de empolgação, pôs-se a caminhar rua abaixo, puxando a correia para ir mais rápido. Em meia hora havíamos deixado a cidade e avançávamos por uma estrada de chão.

– O que você fez, Holmes? – perguntei.

– Usei de um artifício trivial, mas ainda assim admirável e útil em certas ocasiões. Hoje pela manhã entrei no jardim do doutor e esvaziei minha seringa, cheia de essência de anis, sobre a roda traseira da carruagem.

Um cão farejador segue o cheiro de anis daqui até o fim do mundo, se for preciso, e nosso amigo Armstrong não se livraria de Pompey antes de cruzar o rio Cam. Oh, mas que patife espertalhão! Foi assim que ele me escapou a outra noite.

O cão havia desviado da estrada principal e pegou uma passagem coberta por grama. Quase um quilômetro adiante, novamente se tornava uma estrada larga, e a trilha fazia uma curva abrupta para a direita na direção da cidade, de onde recém havíamos saído. Mais um desvio em direção ao sul da cidade e ela continuava na direção oposta àquela em que havíamos começado.

– Este desvio foi feito somente para nos enganar, então? – disse Holmes. – Não estranho que minhas investigações por estas bandas não tenham dado em nada. O doutor certamente jogou o jogo muito a sério, e seria interessante saber por que ele usou um truque tão elaborado. Este vilarejo à nossa direita deve ser Trumpington. E, por Júpiter! Eis a carruagem ali na esquina! Rápido, Watson, rápido, ou estaremos perdidos!

Ele saltou sobre um portão em direção ao campo, arrastando Pompey, que o seguiu com relutância. Mal havíamos nos abrigado em uma sebe quando a carruagem passou chacoalhando por nós. Consegui enxergar o dr. Armstrong em seu interior, de ombros caídos, a cabeça enterrada nas mãos, um retrato do sofrimento. Pelo olhar grave de meu companheiro, soube que também o avistara.

– Creio que nossa busca terá um final sombrio – disse ele. – Não pode faltar muito para descobrirmos. Vamos, Pompey! Ah, é a cabana no campo!

Não havia dúvida de que atingíramos o fim de nossa jornada. Pompey corria ao redor da cabana e gania empolgado do lado de fora do portão, onde as marcas de roda da sege ainda podiam ser vistas. Um caminho conduzia até a cabana solitária. Holmes amarrou o cão na sebe e fomos adiante. Meu amigo bateu na pequena porta rústica, bateu novamente, sem resposta. Entretanto, a cabana não estava deserta, pois um som grave chegou-nos aos ouvidos – um murmúrio de desespero, indescritivelmente melancólico. Holmes parou, irresoluto, e então voltamos nosso olhar para a estrada que recém atravessáramos. Uma sege vinha descendo, e era impossível não reconhecer aqueles cavalos cinzentos.

– Por Júpiter, o doutor está retornando! – gritou Holmes. – Isso resolve a questão. Vamos ver do que se trata antes que chegue.

Ele abriu a porta, e adentramos o saguão. O murmúrio tornou-se mais alto, até transformar-se em um longo e profundo uivo de lamento. Vinha do andar de cima. Holmes apressou-se naquela direção, e eu segui logo atrás. Ele escancarou uma porta entreaberta, e ficamos aterrorizados ao ver o que estava diante de nós.

Uma mulher, jovem e bela, jazia morta sobre a cama. Sua expressão era calma e pálida; seus olhos azuis, arregalados e embaçados, olhavam na direção do teto em meio aos bastos cabelos dourados. Ao pé da cama havia um homem, meio sentado, meio ajoelhado, com o rosto enterrado em suas roupas – toda sua postura descomposta pelos soluços. Estava tão absorvido naquele sofrimento amargo que sequer olhou para cima até que Holmes lhe tocasse o ombro.

– O senhor é Godfrey Staunton?

– Sim, sim, sou, mas o senhor veio tarde demais. Ela está morta.

O homem estava tão perturbado que não conseguia entender que não éramos nada que se parecesse com médicos e nem fôramos enviados para dar-lhe assistência. Holmes tentava pronunciar algumas palavras de conforto e explicar o desespero que seu desaparecimento causara entre seus amigos, quando se ouviu um passo nas escadas, e o duro, austero e inquisidor semblante do dr. Armstrong apareceu na porta.

– Então, cavalheiros – disse ele –, atingiram seu objetivo, e com certeza escolheram um momento particularmente delicado para sua intromissão. Não vou brigar diante da morte, mas garanto-lhes que se eu fosse um homem mais jovem esta conduta monstruosa não passaria impune.

– Desculpe-me, dr. Armstrong, mas creio haver um mal-entendido entre nós – disse meu amigo com profunda dignidade. – Se descer conosco, creio que podemos esclarecer este acontecimento lamentável.

Um minuto mais tarde, nós e o sombrio doutor estávamos na sala do andar de baixo.

– Bem, senhor? – disse ele.

– Espero que entenda, em primeiro lugar, que não sou empregado de *lord* Mount-James e que não simpatizo com aquele cavalheiro no que diz respeito a este caso. Quando um homem desaparece, é minha obrigação apurar o seu destino, mas assim que isso é feito o caso se encerra para mim; e uma vez que não há de nada ilícito envolvido, sinto-me no dever de zelar por esses segredos e não de revelá-los ao público. Se, conforme imagino, a lei não foi transgredida neste caso, o senhor pode confiar irrestritamente na minha discrição e cooperação para manter o assunto longe dos jornais!

O dr. Armstrong deu um passo a frente e segurou Holmes pela mão.

– O senhor é um bom sujeito – disse ele. – Eu o havia julgado mal. Agradeço aos céus pelo remorso que senti ao deixar o pobre Staunton sozinho nesta situação difícil, o que me fez retornar aqui e finalmente conhecê-lo. Sabendo de tudo que o senhor sabe, é muito fácil explicar a situação. Há um ano, Godfrey Staunton morou em Londres por um certo tempo e apaixonou-se perdidamente pela filha de sua senhoria, com quem se casou. Ela era tão bondosa quanto bela e tão inteligente quanto bondosa. Nenhum homem teria motivos para se envergonhar de uma esposa como ela. Mas Godfrey era herdeiro desse velho amargurado, e era muito provável que a notícia de seu casamento fosse o fim de sua herança. Eu conhecia bem o rapaz e amava-o por seu excelente caráter. Fiz tudo que pude para ajudá-lo a manter as coisas em ordem. Fizemos o possível para manter o assunto escondido de todos, pois uma vez que se deixa escapar um cochicho, logo todo mundo fica sabendo. Graças a esta cabana solitária e à sua própria discrição, Godfrey obteve sucesso até agora. O segredo do casal era oculto de todos, exceto de mim e de um excelente empregado que no momento está em Trumpington, buscando ajuda. Mas, por fim, veio este golpe duro, sob a forma de uma doença perigosa a afligir sua esposa. Era tuberculose do tipo mais virulento. O pobre rapaz quase enlouqueceu de tanta tristeza, e no entanto tinha de ir a Londres jogar a partida, pois não poderia faltar sem dar uma explicação, o que revelaria o segredo. Tentei animá-lo com um telegrama, e ele me respondeu implorando que fizesse tudo ao meu alcance. Esse é o telegrama que o senhor viu de alguma forma que me parece inexplicável. Não disse a ele o quão premente era o risco, pois sabia que em nada poderia ajudar ficando aqui, mas contei a verdade ao pai da moça, e ele, muito precipitadamente, comunicou a Godfrey. O resultado foi que ele voltou imediatamente, em um estado que beirava a loucura, e aqui permaneceu nesse mesmo estado, ajoelhado ao pé da cama, até que nesta manhã a morte pôs um fim aos sofrimentos dela. Isso é tudo, sr. Holmes, e tenho a certeza de contar com sua discrição e com a de seu amigo.

Holmes apertou a mão do doutor.

– Venha, Watson – disse ele, e daquela casa enlutada passamos ao brilho pálido do sol invernal.

A AVENTURA EM ABBEY GRANGE

EM UMA MANHÃ gelada, no inverno de 1897, fui acordado com um cutucão no ombro. Holmes segurava uma vela na mão; o olhar inquieto em seu rosto, que me fitava de cima a baixo, dava-me a entender que algo não ia bem.

– Vamos, Watson, vamos! – ele gritou. – Temos coisas a fazer. Não diga uma palavra! Apenas vista-se e vamos!

Dez minutos mais tarde estávamos ambos em um coche, atravessando as ruas silenciosas a caminho da estação de Charing Cross. O amanhecer invernal já se insinuava, e ocasionalmente podíamos entrever o vulto de algum trabalhador que passava por nós – um vulto indistinto e embaçado em meio ao opalescente *fog* londrino. Holmes acomodou-se em silêncio dentro de seu casaco; alegrei-me ao fazer o mesmo, pois o ar estava gélido, e nenhum de nós havia feito o desjejum. Foi somente após consumirmos um pouco de chá quente na estação e ocuparmos nossos assentos no trem para Kent que nos sentimos suficientemente descongelados – ele, para falar, e eu, para ouvir. Holmes retirou um bilhete do bolso e leu em voz alta:

> "ABBEY GRANGE, MARSHEM, KENT, 3H30
>
> Caro sr. Holmes – muito me alegraria se pudesse dar-me auxílio em um caso que promete ser absolutamente extraordinário. Trata-se de algo muito relacionado à sua especialidade. Dispensarei a

senhora, mas afora isso irei esforçar-me para manter tudo exatamente como encontrei; rogo-lhe no entanto que não perca um instante sequer, uma vez que é difícil deixar *sir* Eustace lá.

Cordialmente,

STANLEY HOPKINS."

– Hopkins me convocou sete vezes, e em cada uma delas seu chamado se mostrou completamente justificado – disse Holmes. – Creio que todos os casos dele devem ter entrado para sua coleção, Watson, e devo admitir que você tem um dom para escolhê-los que compensa muitas coisas que deploro em suas narrativas. Seu hábito de enxergar tudo como uma história, em vez de como um exercício científico, já arruinou o que poderia ter se tornado uma série de demonstrações instrutiva e até mesmo clássica. Você passa por cima de trabalhos que envolvem extrema *finesse* e delicadeza para se ater a detalhes sensacionalistas que podem até empolgar o leitor, mas que não têm como instruí-los.

– Então por que não as escreve você mesmo? – retruquei, um pouco amargurado.

– Ainda o farei, Watson, ainda o farei. No momento estou muito ocupado, como bem sabe, mas pretendo dedicar os últimos anos de minha vida à composição de um manual que enfoque toda a arte investigatória em apenas um volume. Nossa atual investigação parece ser um caso de assassinato.

– Acha que esse *sir* Eustace está morto, então?

– Devo dizer que sim. A letra de Hopkins demonstra uma agitação considerável, e ele é um homem que não se impressiona facilmente. Sim, creio que houve violência e que o corpo aguarda nossa inspeção. Um simples suicídio não faria com que me convocasse.

Quanto a dispensar a senhora, parece que ela estava chaveada em seu quarto durante a tragédia. Estamos na alta sociedade, Watson – veja o papel, o monograma "E.B.", o brasão, o endereço pitoresco. Creio que nosso amigo Hopkins vai fazer jus à sua reputação e que teremos uma manhã interessante. O crime ocorreu antes da meia-noite de ontem.

– Como sabe?

– Conferi os horários dos trens e calculei o tempo. A polícia local teve de ser chamada; eles então comunicaram a Scotland Yard, e Hopkins teve de sair, por sua vez, para me chamar. Tudo isso é muito trabalho para uma noite só. Bem, eis-nos aqui na Chislehurst Station, e logo esclareceremos nossas dúvidas.

Depois de percorrermos alguns quilômetros em estradas de chão estreitas chegamos ao portão de um pátio, onde um caseiro recebeu-nos com uma expressão desolada que parecia refletir uma grande tragédia. O caminho, ladeado por velhos olmos, cortava um imponente parque e acabava em frente a uma casa baixa e larga, com pilares à moda Palladio*. A parte central evidentemente era muito antiga e estava encoberta por hera, mas as enormes janelas demonstravam que algumas mudanças haviam sido feitas em tempos mais recentes. Uma das alas da casa parecia ser recém-construída. A figura jovem e o rosto ansioso do inspetor Stanley Hopkins encontraram-nos junto à porta.

– Estou muito feliz por ter vindo, sr. Holmes. E o senhor também, dr. Watson! Mas a verdade é que, se pudesse voltar no tempo, não os teria incomodado, pois assim que a senhora recobrou a consciência nos deu um relato tão claro do incidente que não há muito mais

* Andrea Palladio, arquiteto da renascença italiana. (N. do T.)

a fazer. Os senhores se lembram daquela gangue de arrombadores de Lewisham?

– Quem, os três Randalls?

– Exatamente; o pai e os dois filhos. Isto é um trabalho deles. Não tenho dúvidas. Fizeram um arrombamento em Sydenham há duas semanas e foram vistos e descritos. Foi muito sangue-frio fazer outro em seguida e em local tão próximo; mas foram eles, e isso é inquestionável. Desta vez, temos de levá-los à forca.

– *Sir* Eustace está morto, então?

– Sim, fraturaram-lhe o crânio com o próprio atiçador dele.

– Segundo o nosso cocheiro, chamava-se *sir* Eustace Brackenstall.

– Exatamente – um dos homens mais ricos em Kent. *Lady* Brackenstall está na sala de estar. Pobre senhora, passou por uma experiência horrível. Ela parecia meio morta logo que a vi. Acho que o melhor seria o senhor ir vê-la e ouvir sua versão dos fatos. Então examinaremos a sala de jantar juntos.

A senhora Brackenstall não era uma pessoa comum. Poucas vezes eu vira uma figura tão graciosa, uma presença tão feminina e um rosto tão belo. Era clara, tinha cabelos dourados, olhos azuis, e certamente teria a expressão perfeita que acompanhar essa beleza se a experiência recente não a tivesse devastado de tal forma. Seus sofrimentos eram tanto físicos quanto psicológicos, pois acima de um de seus olhos havia um horrendo inchaço de coloração roxa, que sua criada, mulher alta e austera, banhava constantemente com vinagre e água. A senhora repousava exausta sobre um sofá, mas seu olhar vivaz e observador mostrou-nos, juntamente com a expressão alerta de seu belo semblante, que nem seu juízo nem sua coragem haviam sido abalados pela terrível experiência. Ela estava envolta em um robe solto, azul e prata, mas um vestido preto coberto de lantejoulas estava pendurado no sofá a seu lado.

– Já lhe contei tudo o que aconteceu, sr. Hopkins – ela disse, fatigada. – Será que o senhor não poderia repetir por mim? Bem, se acha necessário, contarei a esses cavalheiros o que ocorreu. Eles já estiveram na sala de jantar?

– Achei que seria melhor ouvirem a história de vossa senhoria antes.

– Ficarei satisfeita quando os senhores puserem tudo em ordem. É horrível para mim imaginar que ele ainda está lá estirado. – Ela tremeu e enterrou seu rosto em suas mãos por um breve momento. Ao fazê-lo, seu robe deslizou e descobriu seu antebraço. Holmes deixou escapar uma exclamação.

– Madame, a senhora tem mais ferimentos! O que é isso? – duas vívidas manchas vermelhas destacavam-se num dos braços claros e arredondados. Ela se apressou em cobri-lo.

– Não é nada. Isto não tem nenhuma relação com o acontecimento hediondo de ontem à noite. Se o senhor e seu amigo se sentarem, contarei tudo o que sei. Sou a esposa de *sir* Eustace Brackenstall. Estávamos casados há cerca de um ano. Creio ser inútil tentar esconder dos senhores que nosso casamento era infeliz, pois todos os nossos vizinhos diriam isso, mesmo que eu tentasse negar. Talvez a culpa tenha sido parcialmente minha. Fui criada na atmosfera menos convencional e mais livre do sul da Austrália, e o modo inglês de viver, com toda a sua etiqueta e decoro, não vai muito ao encontro de minha natureza. Mas a principal causa está no fato, conhecido por todos, de que *sir* Eustace era um beberrão inveterado. Passar uma hora ao lado de um homem assim é desagradável, mas os senhores podem imaginar como uma mulher sensível e segura de si sente-se, atada a alguém assim dia e noite? É um sacrilégio, um crime, uma vilania afirmar que um casamento desses é para sempre. Afirmo que essas leis monstruosas são uma maldição sobre seu país – Deus não permitiria uma tal crueldade.

Por um instante, ela se sentou, com as bochechas coradas, e seus olhos brilharam sob a terrível marca em sua sobrancelha. Então a mão forte e tranqüilizadora da austera criada fez sua cabeça repousar sobre a almofada, e aquela fúria selvagem deu lugar a soluços incontroláveis. Por fim, ela continuou:

– Contarei aos senhores sobre ontem à noite. Talvez saibam que nesta casa todos os criados ficam na ala mais nova. O bloco central é composto pelos aposentos, com a cozinha atrás e nosso quarto no andar de cima. Minha criada Theresa dorme acima de meu quarto. Não há mais ninguém aqui, e nenhum barulho poderia alarmar os criados que dormem na ala mais distante. Esse fato devia ser conhecido pelos ladrões, ou eles não teriam agido como agiram.

"*Sir* Eustace se recolheu por volta das dez e meia. Os criados já tinham ido para suas habitações. Apenas minha criada estava de pé, e ela permaneceu em seu quarto no andar superior da casa até que eu precisei de seus serviços. Fiquei sentada até umas onze horas nesta sala, absorvida em uma leitura. Então dei uma volta pela casa para me certificar de que tudo estava em ordem antes de subir. Era habitual eu fazer isso, pois, como já disse, não se podia confiar em *sir* Eustace o tempo todo. Entrei na cozinha e passei pela copa, pela sala de armas, pela sala de bilhar, pela sala de visitas e finalmente pela sala de jantar. Ao me aproximar da janela, que é coberta por grossas cortinas, repentinamente senti o vento que soprava em meu rosto e me dei conta de que ela estava aberta. Abri a cortina e me deparei com um homem idoso e de ombros largos que recém adentrara a sala. É uma ampla janela francesa, que dá acesso para o jardim. Segurei a vela de meu quarto acesa e, com aquela luz, vi mais dois homens que entravam logo atrás do primeiro. Recuei, mas o homem idoso estava sobre mim no instante seguinte. Primeiro ele me pegou pelo pulso e, então, pela garganta. Abri a boca para gritar, mas ele desferiu um golpe selvagem com o punho sobre meu olho, o que me fez tombar. Devo ter ficado inconsciente por alguns minutos, pois quando voltei a mim descobri que haviam arrancado a corda da sineta e me prendido à cadeira de carvalho que fica na ponta da sala de jantar. Eu estava amarrada com tamanha firmeza que não podia me mover, e um lenço sobre minha boca me impedia de emitir qualquer som. Foi nesse instante que meu desafortunado marido adentrou a sala. Evidentemente ouvira alguns sons suspeitos e viera preparado para uma cena similar à que encontrou. Estava vestindo camisa e calças e empunhava seu porrete de abrunheiro. Ele avançou em direção a um dos arrombadores, mas um outro – o homem idoso – abaixou-se, pegou o atiçador que estava na lareira e o atingiu com um golpe violentíssimo quando passou. Ele caiu sem nenhum gemido, para nunca mais se levantar. Eu desmaiei novamente, mas fiquei inconsciente apenas por alguns minutos. Ao abrir os olhos, descobri que os ladrões haviam juntado a prataria que ficava sobre o aparador, junto com uma garrafa de vinho que estava lá em cima. Cada um deles segurava uma taça na mão. Creio já lhes ter dito – não é? –

que um deles era idoso, com barba, e os outros eram jovens e imberbes. Eles poderiam ser pai e filhos. Falavam entre si sussurrando. Então se aproximaram para ter certeza de que eu estava amarrada com firmeza. Por fim, retiraram-se, fechando a janela ao sair. Passou-se um bom quarto de hora antes que eu pudesse desobstruir minha boca. Quando consegui fazê-lo, meus gritos trouxeram a criada em meu auxílio. Os outros empregados rapidamente foram avisados, e mandamos chamar a polícia local, que prontamente comunicou o caso a Londres. Isso é tudo que posso lhes contar, cavalheiros, e espero que não me seja necessário repetir essa história dolorosa novamente.

– Alguma pergunta, sr. Holmes? – disse Hopkins.

– Não pretendo tomar o tempo e perturbar a paciência da senhora Brackenstall – respondeu Holmes. – Antes de entrar na sala de jantar gostaria de ouvir a sua versão – disse ele, olhando para a criada.

– Vi os homens antes que entrassem na casa – afirmou ela. – Eu estava sentada junto à janela do meu quarto quando, sob a luz da lua, vi três homens perto da casa do caseiro, mas na hora não achei nada de estranho nisso. Passou-se mais de uma hora até que eu ouvisse os gritos de minha patroa, e saí correndo lá para baixo para encontrá-la – pobre criança! – assim como ela diz, e ele no chão com seu sangue e miolos espalhados pela sala. Só isso já bastaria para levar uma mulher à loucura, ficar lá amarrada, o vestido manchado pelo sangue do esposo; mas coragem é algo que nunca faltou à Mary Fraser de Adelaide, e com a senhora Brackenwell de Abbey Grange acontece o mesmo. Os senhores já lhe fizeram muita perguntas, cavalheiros, e agora ela deve voltar a seus aposentos com sua velha Theresa para desfrutar o descanso de que tanto precisa.

A mulher enlaçou sua patroa com o braço e, com uma ternura maternal, conduziu-a para fora da sala.

– Essa criada trabalha com a sra. Brackenstall desde que nasceu – disse Hopkins. – Cuidou dela enquanto bebê e veio junto para a Inglaterra quando deixaram a Austrália há um ano e meio. Seu nome é Theresa Wright, e criadas como ela já não se encontram mais. Por aqui, sr. Holmes!

O interesse agudo havia desaparecido do expressivo semblante de Holmes, e eu sabia que todo o charme do caso desaparecera para ele assim que o mistério fora revelado. Sim, ainda havia prisões a serem efetuadas, mas qual a necessidade de ele envolver-se com gatunos comuns? Nos olhos de meu amigo eu lia um desapontamento similar ao que um médico profundamente erudito sentiria ao ser chamado para tratar de um simples caso de sarampo. Todavia, o aspecto da sala de jantar de Abbey Grange foi estranho o suficiente para prender sua atenção e reacender seu interesse minguante.

Era uma câmara muito larga e alta, com teto de carvalho entalhado e uma bela coleção de cabeças de cervos e armas antigas nas paredes. No lado oposto, encontrava-se a janela francesa de que ouvíramos falar. Três janelas menores no lado direito enchiam o cômodo com a luz fria do sol invernal. À esquerda havia uma lareira larga e profunda, encimada por um gigantesco consolo entalhado em carvalho. Ao lado da lareira estava uma cadeira pesada, também de carvalho, com braços e barras transversais nos pés. Em meio ao trabalho em madeira encontrava-se trançada uma corda escarlate, presa em ambos os lados nas barras transversais. Ao libertar a senhora, a corda fora deslizada de cima de seu corpo, mas não desatada, e, assim, os nós que a haviam prendido estavam intactos. Esses detalhes chamaram nossa atenção somente mais tarde, pois naquele momento nosso pensamentos estavam inteiramente ocupados pela terrível presença estirada sobre o tapete de pele de tigre em frente à lareira.

Era o corpo de um homem alto e robusto, de cerca de quarenta anos. Estava deitado de costas, o rosto voltado para cima; seus dentes, como que arreganhados, apareciam através da barba negra. Suas mãos, fechadas em punhos, erguiam-se acima da cabeça, com um pesado porrete de abrunheiro entre elas. Um espasmo de ódio vingativo desfigurava seu rosto belo e aquilino, conferindo-lhe um aspecto demoníaco. Evidentemente, estava deitado em sua cama quando se deu o alarme, pois vestia uma ridícula camisa de dormir bordada, e seus pés descalços projetavam-se para fora das calças. Havia um ferimento terrível em sua cabeça, e evidências da ferocidade do golpe que o abatera estavam espalhadas por toda a sala. A seu lado estava o atiçador, curvado devido ao impacto. Holmes examinou-o juntamente com a devastação que causara.

– O velho Randall deve ser um homem forte – observou ele.

– Sim – disse Hopkins. – Tenho algumas informações sobre ele, e trata-se de um sujeito bruto.

– Você não terá muita dificuldade para capturá-lo.

– Creio que não mesmo. Estivemos procurando por ele e suspeitávamos de que houvesse fugido para os Estados Unidos. Agora que sabemos que a gangue está por aqui, não vejo como poderiam escapar. As notícias já estão espalhadas por todos os portos, e ofereceremos uma recompensa antes do anoitecer. O que me deixa pasmo é o fato de terem feito uma coisa destas, sabendo que a senhora nos daria a descrição e que não falharíamos em reconhecê-los!

– Exatamente. Seria de se esperar que houvessem silenciado a senhora Brackenstall também.

– Podem não ter notado que ela se recuperara do desmaio – sugeri.

– Isso é bem possível. Se ela parecesse estar inconsciente, não tirariam sua vida. Mas e quanto a este coitado, Hopkins? Ouvi umas histórias esquisitas a seu respeito.

– Era um homem de bom coração quando estava sóbrio, mas tornava-se um demônio quando ficava bêbado, ou melhor, quase bêbado, pois poucas vezes ia até o fim. Nessas horas, parecia estar possuído pelo diabo, e era capaz de fazer qualquer loucura. Segundo relatos, apesar da fortuna e do título, por pouco não chegou à nossa jurisdição. Uma vez, promoveu um escândalo ao encharcar um cão com gasolina e atear-lhe fogo – era o cachorro de nossa senhoria, para piorar –, e somente a duras penas o assunto foi abafado. Em outra ocasião, atirou uma jarra de vinho na criada Theresa Wright; também isso lhe trouxe problemas. No geral – e que isso fique entre nós –, esta será uma casa mais alegre sem ele. O que o senhor está observando agora?

Holmes ajoelhara-se e examinava os nós da corda vermelha, usados para prender a senhora, com grande atenção. Então, deteve-se em uma ponta desfiada que arrebentara ao ser puxada pelo arrombador.

– Quando isto foi arrancado, a sineta da cozinha deve ter soado bem alto – ele observou.

– Ninguém ouviria. A cozinha fica bem no fundo da casa.

– Como o arrombador sabia que ninguém ouviria? Como se atreveu a puxar a corda da sineta de forma tão descuidada?

– Exatamente, sr. Holmes, exatamente. O senhor

está abordando a questão que já me fiz diversas vezes. Não há dúvida de que esse sujeito deveria conhecer a casa e seus hábitos. Ele sabia com certeza que os criados estariam todos na cama naquele horário relativamente cedo e que ninguém teria como ouvir a sineta na cozinha. Portanto deve ter tido como aliado um dos empregados da casa. Isso é evidente. Mas há oito empregados, e todos são pessoas de bom caráter.

– Estando em pé de igualdade, o primeiro suspeito seria aquele em quem o patrão atirou uma jarra. Mas, ainda assim, isso envolveria uma traição também contra a patroa, a quem essa mulher parece devotada. Bem, bem, é um detalhe menor, e assim que o senhor capturar Randall não haverá muita dificuldade para encontrar seus comparsas. A história da senhora se confirma – se é que precisava de qualquer confirmação – por todos os detalhes que encontramos no local. – Ele caminhou até a janela francesa e abriu-a. – Não há vestígios aqui, mas isso é porque o chão é muito duro. Vejo que estas velas sobre o consolo da lareira foram acesas.

– Sim, foi com esta luz e com a do quarto da senhora que os arrombadores se orientaram pela casa.

– E o que foi que levaram?

– Bem, não levaram muita coisa – uma meia dúzia de artigos de prata do aparador. A senhora Brackenstall acha que ficaram tão perturbados pela morte de *sir* Eustace que acabaram não saqueando a casa como teriam feito em outras circunstâncias.

– Sem dúvida, isso é verdade. Ainda assim, beberam um pouco de vinho, segundo creio.

– Para acalmar os nervos.

– Exatamente. Ninguém mexeu nestas três taças sobre o aparador, certo?

– Correto; a garrafa também está como eles a deixaram.

– Vamos dar uma olhada. Opa, opa! O que é isso?

As três taças estavam juntas, todas com marcas de vinho, e uma contendo resíduos de borra no fundo. A garrafa estava por perto, dois terços cheia, e a seu lado estava uma longa rolha manchada. A aparência geral e a poeira sobre a garrafa mostravam que não fora uma safra qualquer que os assassinos haviam degustado.

Uma mudança operou-se sobre os modos de Holmes. Ele perdera sua expressão desatenta, e novamente vi um brilho alerta em seus olhos profundos, o que denotava interesse. Ele pegou a rolha e examinou-a minuciosamente.

– Como eles a sacaram?

Hopkins apontou para uma gaveta entreaberta. Nela havia panos de mesa e um saca-rolhas.

– A senhora Brackenstall afirma que o saca-rolhas foi usado?

– Não; lembre-se de que ela estava inconsciente no momento em que abriram a garrafa.

– Pois bem. De fato, o saca-rolhas *não* foi usado. Esta garrafa foi aberta provavelmente com um saca-rolhas de bolso, desses que se encontram em canivetes, com não mais que quatro centímetros de comprimento. Se o senhor examinar o topo da rolha, verá que o instrumento foi inserido nela três vezes antes que fosse extraída. E o furo não a trespassou. A extremidade longa deste saca-rolhas a teria trespassado e a rolha teria sido arrancada com um único puxão. Quando o senhor apanhar esse sujeito, verá que possui um canivete multiuso consigo.

– Excelente! – disse Hopkins.

– Mas confesso que estas taças me deixam intrigado. A senhora Brackenstall *viu* os homens bebendo, não?

– Sim, ela foi clara nesse ponto.

– Então, isso é tudo. O que mais há a ser dito? Todavia, você deve admitir que estas três taças são notáveis, Hopkins. Como, não vê nada admirável nelas? Bem, bem, deixe assim. Pode ser que um homem com conhecimento e poderes especiais como eu tenda a buscar explicações complexas mesmo quando há outras bem mais simples. Claro, isso das taças pode ser puro acaso. Bem, tenha um bom dia, Hopkins: não creio que eu tenha nada mais a fazer aqui, e o senhor parece ter os fatos bem claros. Comunique-me sobre a prisão de Randall quando for efetuada e mantenha-me a par do caso. Creio que em breve terei de parabenizá-lo por mais um caso resolvido. Vamos, Watson, acho que não somos mais necessários por aqui.

Durante o retorno, percebi pela expressão de Holmes que ele estava muito intrigado por algo que havia observado. De vez em quando tentava, com visível esforço, esconder essa expressão e falar como se o caso estivesse claro, mas então suas dúvidas retornavam e suas sobrancelhas franziam-se; seu olhar ausente demonstrava que seus pensamentos haviam retornado à grande sala de jantar em Abbey Grange, onde a tragédia ocorrera à meia-noite. Por fim, quando nosso trem estava partindo de uma estação de subúrbio, ele saltou com um impulso súbito para a plataforma, puxando-me consigo.

– Desculpe-me, meu caro – disse, enquanto avistávamos os últimos vagões desaparecerem em uma curva –; lamento tê-lo feito vítima de um capricho, mas dou-lhe minha palavra de honra, Watson, de que simplesmente *não posso* deixar a investigação como está. Meus instintos gritam para que eu aja. Há algo errado – tudo está errado – juro que está errado. Ainda assim, à história da senhora não faltou nada, a confirmação da criada foi satisfatória, os detalhes se confirmaram. O que posso opor a isso tudo? Três taças de vinho, eis tudo. Mas será que se, em vez de aceitar a história como nos foi contada, eu tivesse examinado tudo minuciosamente como de costume, se investigássemos novamente o caso e não tivéssemos uma história cheia de detalhes e pormenores para condicionar meus pensamentos – será que nesse caso eu não teria descoberto algo de mais definitivo para investigar? Claro que sim. Sente-se neste banco, Watson, até que chegue o trem para Chislehurst, e permita que eu lhe apresente evidências. Imploro-lhe que desconfie de tudo o que a senhora e a criada afirmaram ser verdadeiro. Não podemos permitir que uma personalidade encantadora prejudique o nosso discernimento.

"Certamente, há detalhes na história dela que, considerados friamente, despertariam nossa suspeita. Esses arrombadores fizeram um roubo vultoso há duas semanas em Sydenham. Algum artigo sobre eles, com sua descrição física, apareceu nos jornais, e naturalmente isso daria idéias a qualquer um que quisesse inventar uma história envolvendo ladrões imaginários. Na verdade, a maioria dos arrombadores, após uma investida lucrativa, costuma desfrutar seus ganhos de forma discreta, evitando outras empreitadas ousadas. Além disso, não é normal arrombadores baterem em uma senhora para evitar que ela grite, já que essa é uma das maneiras mais eficazes de fazê-la gritar; não é comum que cometam assassinato quando estão em número suficiente para subjugar um homem; não é normal se darem por satisfeitos com um saque pequeno quando há muito mais ao alcance; e, por fim, devo dizer que não é comum que tais homens deixem uma garrafa pela metade. Como todas essas coisas incomuns soam para você, Watson?

– O efeito cumulativo delas é certamente considerável, mas, ainda assim, cada uma delas é bem plausível se considerada individualmente. O que me parece mais incomum é o fato de a senhora ter sido amarrada à cadeira.

– Bem, não estou tão certo quanto a isso, Watson, pois é evidente que precisaram optar entre matá-la ou prendê-la de forma que não pudesse noticiar a fuga deles imediatamente. Mas de qualquer forma está demonstrado – ou não? – que há um elemento improvável na história da senhora. E, além disso, há o incidente das taças de vinho.

– O que têm elas?

– Recorda-se exatamente da disposição delas?

– Recordo-me como se as estivesse vendo.

– Disseram-nos que três homens beberam. Isso lhe parece provável?

– Por que não? Havia vinho nas três taças.

– Exatamente; mas havia resíduos somente em uma. Você deve ter notado. O que isso lhe sugere?

– Que é mais provável que o resíduo ficasse na última taça a ser servida.

– De forma alguma. A garrafa estava repleta de resíduos, e é inconcebível que as duas primeiras taças não tivessem nada e a terceira contivesse altas doses. Há duas explicações possíveis, e não mais que duas. Uma é que, após servida a segunda taça, a garrafa tenha sido violentamente agitada e, assim, a terceira recebeu o resíduo. Isso não parece provável. Não, não; tenho certeza de que estou certo.

– O que você supõe, nesse caso?

– Que somente duas taças foram usadas e que o resíduo de ambas foi depositado em uma terceira para dar a falsa impressão de que três pessoas estiveram lá. Dessa forma, todo o resíduo estaria na última taça, não? Sim, estou convencido de que foi isso que aconteceu. Mas se adivinhei a verdadeira explicação desse pequeno fenômeno, então em um instante o caso deixa de ser um lugar-comum e passa a ser algo absolutamente extraordinário, pois quer dizer que *lady* Brackenstall e sua criada mentiram deliberadamente para nós, que nenhuma palavra de sua história é verdade, que elas têm alguma razão fortíssima para encobrir os criminosos e que teremos que trabalhar sozinhos no caso, sem nenhuma ajuda da parte delas. Esta será nossa missão – e eis aqui, Watson, o trem para Chislehurst.

Os empregados em Abbey Grange ficaram muito surpresos com nosso retorno, mas Sherlock Holmes, ao descobrir que Stanley Hopkins saíra para ir à delegacia, tomou conta da sala de jantar, trancou a porta por dentro e devotou-se por duas horas a uma daquelas investigações minuciosas e laboriosas que serviam de base a seu raciocínio. Sentado em um canto como um estudante a observar a demonstração do professor, acompanhei cada passo dessa notável busca. A janela, as cortinas, o carpete, a cadeira, a corda – cada um deles foi minuciosamente examinado e devidamente ponderado. O corpo do desafortunado baronete fora removido, mas tudo o mais permanecia como víramos pela manhã. Então, para meu espanto, Holmes subiu em cima do gigantesco consolo da lareira. Bem acima de sua cabeça pairavam alguns centímetros da corda vermelha que ainda estavam ligados ao arame. Por um longo tempo, ele olhou para cima em sua direção e, então, em um esforço para aproximar-se ainda mais, apoiou o joelho sobre um suporte na parede. Assim sua mão chegou a poucos centímetros do pedaço arrebentado da corda; mas o tal suporte pareceu ocupar sua atenção mais do que isso. Finalmente, saltou de volta ao piso com uma exclamação satisfeita.

– Tudo está nos conformes, Watson – disse ele. – Temos nosso caso – um dos mais impressionantes em nossa carreira. Mas, raios, como fui lento em meu raciocínio! Quase cometo a maior estupidez de toda minha vida! Agora creio que, exceto por alguns elos que ainda faltam, o encadeamento de meu raciocínio está quase completo.

– Descobriu algo a respeito dos homens?

– Homem, Watson, homem. Somente um, mas uma pessoa formidável. Forte como um leão – veja o golpe que vergou aquele atiçador. Altura de um metro e noventa, lépido como um esquilo, hábil com os dedos; por fim, alguém de raciocínio excepcionalmente rápido, pois toda essa história engenhosa é de sua autoria. Sim, Watson, estamos diante do trabalho de um indivíduo muito notável. Ainda assim, com esta corda da sineta ele nos deu uma pista que não deixa mais nenhuma dúvida.

– Onde está a pista?

– Bem, se você puxasse uma corda, Watson, onde esperaria que ela fosse arrebentar? Naturalmente, no ponto em que se liga ao arame. Por que ela arrebentaria oito centímetros antes disso, como aconteceu?

– Porque estava desfiada nesse ponto?

– Exatamente. Esta ponta, a qual podemos examinar, está desfiada. Ele foi esperto o suficiente para fazer isso com uma faca. Mas a outra ponta não está. Não dá para observar isso daqui, mas se subisse na lareira você veria que é um corte preciso, sem marcas e sem desgastes de qualquer tipo. É possível reconstituir o que aconteceu. Ele não desejava arrebentá-la por medo de dar o alarme com a sineta. Então o que fez? Saltou para cima deste consolo – ainda não podia alcançar a corda, mas então apoiou-se no suporte, dá para ver as marcas disso na poeira – e passou a faca na corda. Não alcancei o ponto por pelo menos oito centímetros, e disso concluo que ele é um homem pelo menos oito centímetros mais alto que eu. Veja aquela marca sobre o assento da cadeira de carvalho! O que é aquilo?

– Sangue.

– Indubitavelmente é sangue. Só esse fato já desmente a história contada pela senhora. Se estava sentada na cadeira quando o crime ocorreu, de onde vem aquele sangue? Não, não; ela foi colocada na cadeira *após* a morte de seu marido. Aposto que o vestido preto apresenta uma marca que corresponde a esta. Não se trata de nossa Waterloo, Watson, mas sim de nossa Marengo*, que começa com uma derrota, mas acaba em vitória. Agora eu gostaria de trocar algumas palavras com Theresa, a criada. Temos de ser cuidadosos se pretendemos obter a informação que desejamos.

Era uma pessoa interessante, enfermeira australiana tão austera, taciturna, desconfiada, pouco graciosa; levou algum tempo até que os modos agradáveis de Holmes e a atenção sincera que dedicava a ela quebrassem de vez o gelo. Quando finalmente se sentiu à vontade, não tentou ocultar seu ódio pelo falecido empregador.

– Sim, senhor, é verdade que ele atirou a jarra de vinho em mim. Ouvi chamar minha patroa de um nome

* Sherlock Holmes refere-se às batalhas napoleônicas. (N. do T.)

feio e retruquei que ele não se atreveria a falar daquele modo se o irmão dela estivesse presente. Foi nesse momento que ele a atirou em mim. Poderia ter atirado uma dúzia se quisesse, contanto que deixasse minha encantadora patroa em paz. Ele sempre a maltratava, e ela era muito orgulhosa para reclamar. Sequer me contava tudo que ele já havia lhe feito. Nunca me contou de onde vieram aquelas marcas no braço que o senhor viu essa manhã, mas sei que foram causadas por um alfinete de chapéu. O demônio esguio – e que Deus me perdoe por falar dele dessa forma agora que está morto, mas se já houve um demônio que caminhou sobre a Terra, esse demônio era ele. Era uma pessoa muito doce quando o conhecemos, há apenas dezoito meses, mas agora parece que foram dezoito anos. Ela recém chegara a Londres. Sim, foi sua primeira viagem – jamais saíra de casa antes disso. Ele a conquistou com seu título, seu dinheiro e seus falsos modos londrinos. Se há uma mulher que cometeu um erro e pagou por ele, essa mulher é ela. Em que mês o conhecemos? Bem, digo-lhe que foi logo que chegamos. Chegamos em junho, e isso foi em julho. Eles se casaram em janeiro do ano passado. Sim, ela se encontra na sala de estar outra vez, e não tenho dúvidas de que os receberá, mas por favor não façam muitas perguntas, pois ela já passou por todos os tipos de sofrimento pelos quais alguém pode passar.

Lady Brackenstall repousava no mesmo sofá, mas parecia mais alegre do que antes. A criada entrou conosco e mais uma vez começou a aplicar compressas sobre o hematoma na sobrancelha da patroa.

– Espero que não tenham vindo me interrogar novamente – disse a senhora.

– Não – disse Holmes em seu tom mais gentil –, não vou causar nenhum incômodo desnecessário à senhora, *lady* Brackenstall, e tudo o que desejo é lhe facilitar as coisas, pois acredito que a senhora já passou por duras provas. Se confiar em mim como em um amigo, verá que farei jus à sua confiança.

– O que o senhor quer que eu faça?

– Conte-me a verdade.

– Senhor Holmes!

– Não, não, sra. Brackenstall, é inútil. Talvez a senhora já tenha ouvido algo a respeito da pequena reputação que desfruto. Aposto tudo o que eu tenho em que a sua história não passa de uma invenção.

Tanto a patroa como a criada encararam Holmes com rostos pálidos e olhar assustado.

– O senhor é um sujeito muito atrevido! – gritou Theresa. – Está insinuando que a patroa contou uma mentira?

Holmes levantou-se de sua cadeira.

– A senhora não tem mais nada a me dizer?

– Já lhe disse tudo.

– Pense mais uma vez, *lady* Brackenwell. É melhor que seja franca.

Por um breve instante, houve hesitação no belo rosto dela; mas então algum outro pensamento, mais poderoso, fez com que voltasse a ficar impassível como uma máscara.

– Já lhe disse tudo o que sei.

Holmes pegou seu chapéu e deu de ombros.

– Lamento – disse ele, e sem mais delongas deixamos a sala e a casa. Havia um lago no parque, e meu amigo caminhou até lá. Estava congelado, mas havia um pequeno buraco onde um cisne solitário se encontrava. Holmes observou-o e então seguiu para o alojamento do caseiro. Lá escreveu um bilhete para Stanley Hopkins e deixou-o com o empregado.

– Pode ser que eu tenha acertado, ou que tenha errado, mas temos de justificar a necessidade dessa segunda visita para nosso amigo Hopkins – disse ele. – Não quero depositar-lhe toda confiança ainda. Creio que o próximo local onde iremos operar será o escritório de navegação da linha Adelaide-Southampton, que fica no fim de Pall Mall, se não me engano. Há uma outra linha de barcos a vapor que liga o Sul da Austrália à Inglaterra, mas vamos primeiramente nos ater ao mais provável.

O cartão que Holmes enviou ao responsável garantiu-nos atenção imediata, e ele não custou a obter todas as informações de que precisávamos. Em junho de 1895, somente um de seus navios havia atracado em um porto inglês. Era o *Rock of Gibraltar*, o maior e melhor navio da companhia. Uma consulta à lista de passageiros mostrou-nos que a senhorita Fraser, de Adelaide, fizera a viagem a bordo dele, junto com sua criada. O navio encontrava-se agora a caminho da Austrália, em algum lugar ao sul do canal de Suez. A tripulação era a mesma de 1895, com uma única exceção. O primeiro oficial, sr. Jack Crocker, fora promovido a capitão, e logo assumiria a nova embarcação, o *Bass Rock*, e zarparia de Southampton em dois dias. Ele morava em Sydenham, mas era provável que aparecesse naquela manhã para receber instruções, se quiséssemos esperá-lo.

Não, o sr. Holmes não desejava vê-lo; gostaria de saber mais a respeito de seu currículo e de seu caráter.

O currículo era magnífico; não havia um oficial sequer em toda esquadra que lhe chegasse aos pés. Quanto a seu caráter, era um homem confiável em serviço, mas fora do convés de seu navio era um sujeito esquentado e impetuoso, mas leal, honesto e de bom coração: eis o resumo das informações que Holmes obteve no escritório da Adelaide-Southampton Company. De lá, dirigiu-se à Scotland Yard, mas em vez de entrar no prédio, ficou sentado no coche, com as sobrancelhas franzidas, perdido em pensamentos profundos. Finalmente, foi até o escritório telegráfico de Charing Cross, enviou uma mensagem e, por fim, retornamos a Baker Street.

– Não, não pude fazê-lo, Watson – disse ele, ao adentrarmos nossos aposentos. – Uma vez que conseguíssemos o mandato, nada no mundo poderia salvá-lo. Sinto que, por uma ou duas vezes em minha carreira, ao descobrir o criminoso fiz um mal maior do que ele próprio ao cometer o crime. Mas agora ajo com mais cautela: prefiro fazer com que a lei inglesa se ajuste à minha consciência, e não o contrário. Vamos descobrir mais algumas coisas antes de agir.

Antes do anoitecer, recebemos a visita do inspetor Stanley Hopkins. As coisas não iam muito bem para ele.

– Creio que o senhor é um mago, sr. Holmes. Às vezes acho realmente que o senhor tem poderes que vão além do humano. Como diabos poderia saber que a prataria roubada estava no fundo do lago?

– Eu não sabia.

– Mas o senhor pediu que ele fosse examinado.

– Encontrou, então?

– Sim, encontrei.

– Alegro-me de ter podido ajudá-lo.

– Mas o senhor não me ajudou, apenas tornou o caso mais difícil. Que ladrões são esses que roubam prataria e depois a jogam no primeiro lago que encontram?

– De fato, é um comportamento bastante excêntrico. Eu estava apenas apostando na idéia de que, caso a prataria tivesse sido roubada não por pessoas que a queriam, mas sim que a pegaram apenas para encobrir outros motivos, então essas pessoas estariam naturalmente ansiosas para se verem livres dela, como foi o caso.

– Mas por que essa idéia lhe passou pela cabeça?

– Bem, achei que era possível. Ao sair pela janela francesa, viram o lago, com um pequeno buraco no gelo bem debaixo de seus narizes. Poderia haver esconderijo melhor?

– Ah, um esconderijo – assim fica melhor! – gritou Stanley Hopkins. – Sim, sim, entendo tudo agora! Era cedo, havia pessoas nas estradas, eles ficaram temerosos de serem vistos com a prata e a afundaram no lago, pretendendo retornar quando o caminho estivesse livre. Excelente, sr. Holmes – isso é melhor que sua idéia do despiste.

– Pode ser; você tem uma teoria admirável. Sem dúvida minhas idéias estavam bastante confusas, mas deve admitir que acabei por descobrir a prataria.

– Sim, senhor, sim. Isso foi um feito seu. Quanto a mim, sofri um grave revés.

– Um revés?

– Sim, sr. Holmes. A gangue dos Randall foi presa em Nova York essa manhã.

– Minha nossa, Hopkins. Isso certamente vai contra sua teoria de que eles cometeram um assassinato em Kent na noite passada.

– Isso é fatal para a minha teoria, sr. Holmes, absolutamente fatal. No entanto, ainda há outras gangues de três além dos Randalls, ou quem sabe pode ser uma gangue nova que a polícia ainda não conhece.

– Pode ser, é perfeitamente possível. O que, o senhor está indo embora?

– Sim, sr. Holmes; não descansarei até chegar ao âmago desta questão. O senhor teria alguma dica para mim?

– Já lhe dei uma.

– Qual?

– Bem, sugeri um despiste.

– Mas por que, sr. Holmes, por quê?

– Ah, eis a questão, é claro. Mas lhe deixo essa idéia. Possivelmente você descobrirá que ela tinha um fundo de verdade. Você não vai fazer uma pausa para o jantar? Bem, adeus, e mantenha-nos informados de seus progressos!

O jantar já estava terminado e a mesa limpa quando Holmes aludiu ao problema novamente. Ele acendera seu cachimbo, e seus pés repousavam ao lado do fogo dentro de suas pantufas. Subitamente, olhou para o relógio.

– Algo vai acontecer, Watson.

– Quando?

– Agora – dentro de alguns minutos. Creio que você acha que agi de forma incorreta com Stanley Hopkins agora há pouco, não?

– Tenho fé em seu juízo.

– Uma resposta sensata, Watson. Encare o problema da seguinte forma: o que eu sei não é oficial; o que ele sabe, é. Eu tenho o direito de fazer julgamentos pessoais, algo que ele não tem. Seu dever é o de revelar tudo – de outra forma estará traindo sua responsabilidade. Em um caso duvidoso, eu não o colocaria nessa posição difícil, e, sendo assim, guardarei minha informação até que tudo se esclareça em minha mente.

– Mas quando será isso?

– Chegou a hora. Você presenciará agora a última cena de uma extraordinária peça teatral.

Ouvimos um som nas escadas, e a porta abriu-se para dar passagem a um dos indivíduos mais viris que jamais a cruzara. Era um homem jovem e muito alto, de bigode dourado, olhos azuis, pele queimada pelo sol dos trópicos e uma passada ágil, prova de que sua impressionante compleição era tão ativa quanto robusta. Ele fechou a porta atrás de si e então parou de punhos cerrados e peito estufado, como se lutasse contra uma emoção maior que ele.

– Sente-se, capitão Crocker. Recebeu meu telegrama?

– Recebi seu telegrama e vim na hora em que o senhor solicitou. Ouvi falar que esteve no escritório. Não havia forma de lhe escapar. Estou pronto para ouvir o pior. O que o senhor fará comigo? Vai me prender? Fale, homem! Não pode apenas ficar sentado aí brincando comigo como um gato faz com um rato.

– Dê-lhe um charuto – disse-me Holmes. – Morda isso, capitão Crocker, e não perca a cabeça. Eu não estaria aqui sentado fumando com o senhor se achasse que é um criminoso comum, pode estar certo disso. Seja franco, e poderemos chegar a um bom resultado. Tente enganar-me e será esmagado.

– O que quer que eu faça?

– Dê-me um relato verdadeiro do que se passou em Abbey Grange noite passada – um relato *verdadeiro*, veja bem, em que não se acrescenta nem se omite nada. Já sei muito sobre o caso, e se o senhor desviar um centímetro que seja do caminho da verdade vou soar este apito de polícia na janela, e o assunto fugirá ao meu controle para sempre.

O marujo ficou pensativo por um instante. Então deu um tapa na perna com sua enorme mão crestada.

– Acredito que o senhor seja um homem de palavra, então lhe contarei toda a história. Mas direi uma coisa antes: no que me diz respeito, não me arrependo de nada e não temo nada e faria tudo de novo orgulhoso de meu serviço. Amaldiçoado seja este demônio – se ele tivesse tantas vidas quanto um gato, ainda assim elas pertenceriam a mim. Mas é a senhora, Mary – Mary Fraser –, pois jamais poderei chamá-la por aquele outro nome maldito. Quando penso que estou causando problemas a ela, justo eu, que daria minha vida somente para fazer aquele lindo rosto sorrir, minha alma se desmancha em lágrimas. E ainda assim – ainda assim –, não era isso o mínimo que poderia fazer? Contarei minha história, cavalheiros, e então pedirei que os senhores me digam, como homens que são, se isso não era o mínimo que eu poderia fazer.

"Devo retornar no tempo um pouco. Os senhores parecem saber de tudo, então creio que já saibam que primeiramente a vi como passageira e que eu era o primeiro oficial do *Rock of Gibraltar*. Desde o dia em que a conheci, soube que era a mulher que me fora destinada. A cada dia da viagem eu a amava mais, e muitas vezes me ajoelhei na escuridão noturna do convés e o beijei, pois sabia que seus adoráveis pés haviam passado por ali. Ela nunca me correspondeu, mas me tratava da maneira mais adorável que uma mulher pode tratar um homem. Não tenho queixas. De minha parte, o que sentia por ela era amor; ela me tratava com camaradagem e amizade. Ao partir, ela era uma mulher livre, mas eu nunca mais pude ser um homem nessa condição.

"Ao voltar do mar após a viagem seguinte, fiquei sabendo de seu casamento. Bem, por que ela não casaria com alguém de quem gostasse? Títulos e dinheiro – quem melhor que ela para desfrutá-los? Ela nascera para tudo o que é belo e gracioso. Não lamentei por seu casamento. Eu não era um cão egoísta a tal ponto. Folguei em saber que a boa sorte viera a seu encontro, e que não se desperdiçara entregando-se a um marujo sem um tostão furado. Assim eu amava Mary Fraser.

"Bem, achei que nunca mais a veria; mas na última viagem fui promovido, e o novo barco ainda não estava pronto, então tive de esperar alguns meses com minha tripulação em Sydenham. Ao passear um dia por uma estrada de chão, encontrei Theresa Wright, a antiga criada de Mary. Ela me contou a respeito de Mary e do marido – contou-me tudo. Digo-lhes que quase enlouqueci ao ouvi-la, cavalheiros. Aquele bêbado, aquele cão se atrevia a levantar a mão contra a mulher cujas botas não era sequer digno de lamber! Em outra ocasião encontrei Theresa novamente. E depois encontrei a própria Mary – e então mais uma vez. Após tudo isso, ela não queria mais me ver. Porém, outro dia recebi a mensagem de que deveria zarpar dentro de uma semana e decidi vê-la mais uma vez antes da partida. Theresa era quase minha amiga, pois amava Mary e detestava aquele vilão quase tanto quanto eu. Aprendi com ela os hábitos da casa. Mary costumava ficar lendo em sua pequena saleta no primeiro andar. Noite passada apareci lá e arranhei sua janela. No início, ela não queria abrir, mas sei que no fundo de seu coração ela me ama, e que não me deixaria na rua em uma noite tão gelada. Sussurrando, ela me disse que fizesse a volta até a grande janela frontal, e, ao fazê-lo, encontrei a janela aberta e entrei na sala de jantar. Novamente, ouvi de seus lábios coisas que me puseram o sangue a ferver, e mais uma vez amaldiçoei o bruto que maltratava a minha amada. Bem, cavalheiros, eu estava inocentemente junto a ela, perto da janela – Deus é testemunha –, quando ele adentrou a sala correndo como um louco. Chamou-a das coisas mais baixas que um homem pode chamar uma mulher e fez-lhe um vergão na cara ao acertá-la com o bastão que carregava. Eu já saltara na direção do atiçador, e a luta entre nós foi justa. Vejam meu braço, onde sua primeira investida atingiu. Então foi minha vez, e aí acabei com ele como se fosse um verme. Os senhores acham que me arrependo? Não! Era sua vida ou a minha; mas, além disso, era sua vida ou a dela, pois como poderia deixá-la nas garras daquele louco? Foi assim que o matei. Agi errado? Bem, o que os senhores teriam feito em meu lugar?

"Mary gritou ao ser atingida, e com isso Theresa desceu. Havia uma garrafa de vinho sobre o aparador: eu a abri e dei de beber nos lábios de Mary, pois ela estava meio inconsciente com o choque que sofrera. Então bebi um gole também. Theresa se manteve fria como gelo, e o plano foi dela e meu. Tínhamos de fazer parecer que tudo fora causado por arrombadores. Theresa repetia nossa história para sua patroa enquanto eu subi na lareira e cortei a corda da sineta. Então a amarrei na cadeira, tendo o cuidado de desfiar a ponta da corda para fazer parecer natural, pois de outra forma alguém poderia se perguntar como diabos um arrombador subira ali para cortá-la. Em seguida juntei alguns pratos e utensílios de prata para dar a idéia de roubo e os deixei lá, com ordens para pedirem socorro quando eu já tivesse um quarto de hora de vantagem. Atirei a prataria no lago e dirigi-me a Sydenham, sentindo pela primeira vez na vida que fizera um trabalho realmente bem-feito. Essa é a verdade e toda a verdade, sr. Holmes, mesmo que eu vá pagar com meu próprio pescoço."

Holmes ficou fumando por algum tempo em silêncio. Então atravessou a sala e apertou a mão de nosso visitante.

– É o que eu achava – disse ele. – Sei que cada palavra que disse é verdadeira, pois não disse quase nada que eu já não soubesse. Somente um acrobata ou um marujo poderia ter alcançado a corda da sineta a partir do apoio, e somente um marujo poderia ter dado os nós que prendiam a corda à cadeira. Sabia que a senhora só estivera em contato com marujos uma única vez, durante sua viagem, e que era alguém de sua classe, pois ela estava fazendo de tudo para protegê-lo, demonstrando que o amava. Creio que o senhor vê o quão fácil foi encontrá-lo depois que enveredei pelo caminho certo.

– Nunca achei que fôssemos ser descobertos pela polícia.

– E não foram; nem serão, segundo creio. Agora, ouça bem, capitão Crocker, pois é um assunto muito sério, ainda que eu creia que o senhor agiu sob a mais extrema provocação a que um homem pode ser sujeitado. Não tenho certeza de que um tribunal britânico fosse proclamar seu ato justificável, mesmo em se tratando de defender sua própria vida. Mas isso é problema dos tribunais. Devo dizer que muito me solidarizo com a sua situação, e que se o senhor quiser desaparecer nas próximas 24 horas, prometo que ninguém vai impedi-lo.

– E depois disso tudo vai ser descoberto?

– Certamente será descoberto.

O rosto do marujo enrubesceu-se de raiva.

– Isso não é proposta que se faça a um homem! Entendo o suficiente a respeito das leis para saber que Mary seria considerada cúmplice. O senhor acha que devo deixá-la sozinha para enfrentar o que der e vier enquanto eu me escapo? Não, senhor; deixe que me aconteça o pior, mas, pelo amor de Deus, arranje uma maneira de manter a minha Mary fora dos tribunais.

Holmes pela segunda vez estendeu sua mão ao marujo.

– Eu estava apenas o testando, e o senhor me pareceu novamente sincero. Bem, é uma grande responsabilidade a que vou assumir, mas dei a Hopkins uma excelente pista, e se ele não souber aproveitá-la, não há mais nada que eu possa fazer. Veja, capitão Crocker, faremos isto de acordo com a lei. O senhor é o prisioneiro. Watson, você é o júri britânico, pois jamais conheci alguém mais capacitado a representá-lo. Eu serei o juiz. Agora, cavalheiros do júri, os senhores terminaram de ouvir a evidência. Consideram o prisioneiro culpado ou inocente?

– Inocente, vossa excelência – disse eu.

– *Vox populi, vox Dei.** O senhor foi absolvido, capitão Crocker. Enquanto a lei não encontrar outra vítima, está a salvo de mim. Volte para sua Mary dentro de um ano, e que o seu futuro e o dela justifiquem a sentença que pronunciamos esta noite.

---

* "A voz do povo é a voz de Deus." Em latim, no original. (N. do T.)

A segunda mancha

Eu pretendia que "a aventura em Abbey Grange" fosse a última empreitada de meu amigo a ser levada a público. Essa resolução não se devia de forma alguma à falta de material, uma vez que tenho centenas de notas a respeito de casos aos quais nunca aludi; tampouco se devia à falta de interesse na personalidade singular e nos métodos extraordinários do sr. Holmes por parte de meus leitores. O real motivo é a relutância que Holmes demonstra quanto à publicação de suas experiências. Enquanto ainda exercia sua profissão, havia algum valor prático em se registrar seus sucessos; mas desde que saiu definitivamente de Londres para dedicar-se aos estudos e à criação de abelhas em Sussex Downs, a notoriedade tornou-se-lhe odiosa, e solicitou-me peremptoriamente que seus desejos quanto a isso fossem respeitados. Foi somente ao explicar-lhe que eu havia prometido publicar "a aventura da segunda mancha" quando chegasse a hora certa, e ao chamar sua atenção para o fato de que seria apropriado fazer com que esta longa série de episódios culminasse no caso internacional mais importante em que ele jamais se envolvera, que eu finalmente consegui obter sua aprovação para trazer um relato detalhado e altamente secreto do incidente para o grande público. Se ao contar a história eu parecer algo vago quanto aos detalhes, creio que o público prontamente entenderá que tenho excelentes razões para essa reticência.

Assim, foi em um ano, até mesmo em uma década que não revelarei, que, em uma manhã outonal de quinta-feira, encontrávamo-nos em nossos humildes aposentos na Baker Street com dois visitantes famosos em toda a Europa. Um deles, austero, magnânimo, olhar agudo e aspecto dominante, não era ninguém menos que o ilustre *lord* Bellinger, por duas vezes premiê britânico. O outro, moreno, distinto e elegante, mal chegando à meia-idade e agraciado com todas as belezas do corpo e da mente, era o *Right Honourable** Trelawney Hope, secretário de assuntos europeus, homem de Estado em franca ascensão no país. Estavam sentados lado a lado em nosso sofá coberto de papéis, e era fácil ver em seus rostos ansiosos e cansados que fora um assunto de importância premente que os levara até lá. As mãos finas e cobertas de veias azuis do premiê apertavam com força o cabo de marfim de seu guarda-chuva, e seu rosto emaciado e ascético observava-nos sombriamente. O secretário europeu puxava, nervoso, as pontas do bigode e mexia na corrente de seu relógio de bolso.

– Quando descobri a perda, sr. Holmes, às oito da manhã de hoje, imediatamente informei o primeiro-ministro. Foi sugestão dele que viéssemos até aqui.

– Os senhores já informaram a polícia?

– Não, senhor – respondeu o primeiro-ministro com os modos rápidos e decididos que lhe fizeram famoso. – Não fizemos isso, e nem o faremos. Informar a polícia significa informar o público, no fim das contas. E isso é precisamente o que queremos evitar.

– E por que, senhor?

---

* Título conferido aos membros do *Privy Council* (Conselho Privado) do Reino Unido. (N. do T.)

– Porque o documento em questão é de uma importância imensa, e sua publicação poderia facilmente – diria até provavelmente – causar complicações de grande impacto aqui na Europa. Na seria exagero dizer que a guerra e a paz dependem disso. A não ser que o resgate seja efetuado sob absoluto sigilo, não há necessidade de fazê-lo, pois o objetivo de quem se apossou do documento é justamente este: que seu conteúdo seja conhecido pelo grande público.

– Entendo. Agora, sr. Trelawney Hope, ficaria muito grato se pudesse explicar sob que circunstâncias esse documento desapareceu.

– Posso fazê-lo em pouquíssimas palavras, sr. Holmes. A carta – pois trata-se da carta de um potentado estrangeiro – foi recebida seis dias atrás. Sua importância era tal que sequer a guardei em meu cofre, preferindo levá-la comigo todas as noites até minha residência em Whitehall Terrace e mantê-la em meu quarto, trancada a chave em uma pasta. Ela estava comigo noite passada – estou certo disso. De fato, abri a pasta ao vestir-me para o jantar e vi o documento lá dentro. Hoje de manhã havia desaparecido. A pasta ficara ao lado de um copo sobre a penteadeira durante toda noite. Minha esposa e eu temos o sono leve, e podemos jurar que ninguém entrou no quarto. E, ainda assim, afirmo-lhe que o papel desapareceu.

– A que horas o senhor jantou?

– Sete e meia.

– Quanto tempo se passou até que fosse para a cama?

– Minha esposa fora ao teatro. Esperei acordado por ela. Eram onze e meia quando fomos para o nosso quarto.

– Então a pasta ficou desprotegida por quatro horas?

– Ninguém tem acesso ao quarto, exceto a empregada, pela manhã, e o meu *valet de chambre** ou a criada de minha esposa durante o resto do dia. Ambos são serviçais dignos de confiança, que já estão conosco há algum tempo. Além disso, nenhum dos dois teria como saber que havia mais que a papelada normal do departamento em minha pasta.

– Quem sabia da existência da carta?

– Ninguém na casa.

– Com certeza sua esposa sabia, não?

– Não, senhor; não lhe havia dito nada até dar falta do papel pela manhã.

O premiê aprovou a atitude, anuindo com a cabeça.

– Sempre soube, senhor, que seu senso de dever era grande; tinha certeza de que, em um caso como esse, superaria até mesmo os laços domésticos mais íntimos.

O secretário europeu fez uma mesura.

– O senhor muito me honra. Até esta manhã eu jamais deixara escapar uma palavra sequer sobre o assunto, nem mesmo para a minha esposa.

– Ela poderia ter adivinhado?

– Não, sr. Holmes, não poderia – ninguém poderia.

– O senhor já havia perdido algum documento antes?

– Não, senhor.

– Quem na Inglaterra sabia da existência dessa carta?

– Ontem, todos os membros do Gabinete foram informados; mas o compromisso de sigilo que faz parte

---

* Criado encarregado das necessidades pessoais de seu empregador. (N. do T.)

de todas as reuniões do Gabinete foi reforçado por um aviso solene proferido pelo primeiro-ministro. Céus, e pensar que poucas horas depois eu mesmo acabaria perdendo-o! – Seu belo semblante foi distorcido momentaneamente por um espasmo de desespero, e suas mãos puxaram seus cabelos. Por um instante, vimos o homem em seu estado natural – impulsivo, ardente, altamente sensível. No instante seguinte, a máscara aristocrática fora recolocada, e o tom gentil retornara. – Além dos membros do Gabinete, há dois, talvez três oficiais de departamento que saibam da carta. Ninguém mais na Inglaterra, sr. Holmes, posso lhe assegurar.

– E no exterior?

– Creio que ninguém no exterior a viu, além do homem que a escreveu. Estou convencido de que seus ministros não foram acionados – de que os canais de comunicação normais não foram empregados.

Holmes refletiu por um breve instante.

– Bem, senhor, devo agora lhe perguntar do que trata esse documento e por que seu desaparecimento teria tamanho impacto.

Os dois homens de Estado trocaram rapidamente um olhar, e as sobrancelhas desgrenhadas do premiê juntaram-se, franzidas.

– Sr. Holmes, é um envelope longo e fino, de cor azul-claro. Há um selo de cera vermelha, estampado com um leão agachado. Está endereçado em letras grandes e fortes a...

– Temo que mesmo sendo esses detalhes interessantes e essenciais, minha pergunta vai mais diretamente ao cerne da questão. *O que era a carta?* – interrompeu Holmes.

– É um segredo de Estado da maior importância, que temo não poder revelar, nem creio que isso seja necessário. Se puder encontrar um envelope tal como o que lhe descrevo juntamente com seu conteúdo, mediante o uso dos poderes que possui, seu país será muito grato ao senhor e irá agraciá-lo com todas as honrarias possíveis.

Sherlock Holmes levantou-se com um sorriso.

– Os senhores são dois dos homens mais ocupados deste país – disse ele –, e a meu modo, também tenho muitos deveres. Lamento enormemente não poder ajudá-los; portanto, estender este colóquio seria perda de tempo.

O premiê pusera-se de pé em um salto com um olhar ligeiro e poderoso daqueles olhos profundos que já haviam feito todo o Gabinete encolher-se. – Não estou acostumado... – ele começou, mas dominou sua raiva e retomou seu assento. Por um minuto ou mais ficamos todos em silêncio. Então o velho homem de Estado deu de ombros.

– Devemos aceitar suas condições, sr. Holmes. Sem dúvida, o senhor está certo, e não é razoável de nossa parte esperar sua ajuda a não ser que depositemos total confiança no senhor.

– Concordo com o que disse – disse o jovem homem de Estado.

– Vou então lhe explicar, e conto com sua integridade e a de seu colega, o dr. Watson. Apelo também ao seu patriotismo, pois não consigo imaginar nada de pior ao nosso país do que a divulgação do assunto.

– O senhor pode confiar em nós.

– A carta é de um potentado estrangeiro a quem algumas recentes expansões coloniais de nosso país têm causado problemas. Foi escrita às pressas e é exclusivamente da responsabilidade dele. Nossas investigações demonstram que seus ministros sequer sabem do problema. Ao mesmo tempo, a carta foi escrita de forma tão infeliz, e algumas partes são de um caráter tão provocatório, que sua publicação sem dúvida provocaria uma animosidade perigosíssima aqui na Inglaterra. Não hesito em dizer que estaríamos em meio a uma grande guerra uma semana após sua publicação.

Holmes escreveu um nome em uma tira de papel e passou-a ao premiê.

– Exatamente. Foi ele. E é essa carta – essa carta que pode significar o dispêndio de centenas de milhões em dinheiro e de centenas de milhares em vidas – que foi perdida de forma inexplicável.

– Os senhores já informaram o remetente?

– Sim, senhor, um telegrama cifrado já foi enviado.

– Talvez ele deseje que a carta seja publicada.

– Não, senhor, temos motivos para crer que já compreendeu ter agido de forma indiscreta e precipitada. Seria um golpe ainda maior para ele e seu país se a carta fosse divulgada.

– Se é assim, quem teria interesse em divulgá-la? Por que alguém a roubaria ou publicaria?

– Com essa pergunta, sr. Holmes, o senhor leva-me a assuntos da alta política internacional. Mas ao considerar a situação européia não terá dificuldades em perceber o motivo. A guerra é iminente em toda a Europa. Há um certo equilíbrio de poder militar, e é a Grã-Bretanha que o mantém. Se fôssemos arrastados à guerra contra uma confederação, isso asseguraria a supremacia da outra, mesmo que ela não entrasse na guerra. O senhor compreende?

– Claramente. Seria do interesse dos inimigos desse potentado apossar-se da carta e publicá-la, para afastar o nosso país do deles.

– Exato, senhor.

– E para quem o documento seria remetido se caísse em mãos inimigas?

– Para qualquer uma das grandes chancelarias da Europa. Provavelmente, já está rumando nessa direção com a rapidez de um barco a vapor.

O sr. Trelawney Hope deixou a cabeça cair sobre o peito e gemeu alto. O premiê gentilmente pusera a mão sobre seu ombro.

– Foi um infortúnio, meu amigo. Ninguém pode culpá-lo. O senhor não negligenciou seu dever. Agora, sr. Holmes, já sabe de todos os fatos. O que nos aconselha a fazer?

Holmes balançou a cabeça, desolado.

– O senhor acredita realmente que, se esse documento não for encontrado, entraremos em guerra?

– Creio ser bem provável.

– Então, senhor, prepare-se para a guerra.

– É algo duro o que está dizendo, sr. Holmes.

– Reflita sobre os fatos, senhor. É inconcebível que o documento tenha sido roubado após as onze e meia, pois o sr. Hope e sua esposa estavam no quarto desde essa hora até o momento em que ele se deu por desaparecido. Portanto, alguém o pegou ontem à noite entre sete e meia e onze e meia, mas o mais provável é que tenha acontecido mais cedo, já que a pessoa que o pegou evidentemente sabia que ele estava lá e naturalmente faria o possível para obtê-lo o quanto antes. Agora, senhor, suponhamos que o documento tenha sido roubado naquela hora: por onde andaria a essas alturas? Ninguém teria motivos para mantê-lo consigo. Deve ter sido rapidamente repassado para quem precisava dele. Que chance temos nós de recuperá-lo, ou mesmo rastreá-lo? Isso está além do nosso alcance.

O primeiro-ministro levantou-se do sofá.

– O que está dizendo é perfeitamente lógico, sr. Holmes. Sinto que o problema escapa-nos das mãos.

– Suponhamos, somente para termos um argumento, que a criada ou o *valet de chambre* o tenham pegado...

– Ambos são serviçais antigos e de confiança comprovada.

– Segundo entendi o seu quarto fica no segundo andar, não há entrada para o mesmo do lado de fora e ninguém poderia entrar pelo lado de dentro sem ser visto. Alguém que estava na casa o pegou, portanto. Para quem o ladrão teria levado? Para algum dos diversos espiões internacionais e agentes secretos cujos nomes são familiares a mim. Há três que podem ser considerados os chefes de sua profissão. Começarei minha busca verificando se cada um deles está em seu posto. Caso um deles esteja ausente – especialmente se houver desaparecido desde a noite passada –, teremos alguma indicação sobre o destino do documento.

– Por que ele estaria ausente? – perguntou o secretário europeu. – Poderia muito bem levar a carta para uma embaixada em Londres, em vez disso.

– Creio que não. Esses agentes trabalham de forma independente, e suas relações com as embaixadas são na maior parte das vezes conturbadas.

O primeiro-ministro aquiesceu com a cabeça.

– Creio que o senhor está certo, sr. Holmes. Ele levaria um troféu tão valioso para o seu quartel-general com as próprias mãos. Considero seu plano de ação excelente. Mas enquanto isso, Hope, não podemos negligenciar nossos outros afazeres por causa deste infortúnio. Se surgirem fatos novos durante o dia entraremos em contato, e o senhor com certeza não deixará de nos informar os resultados de suas investigações.

Os dois homens de Estado curvaram-se e deixaram a sala com um ar grave.

Assim que nossos ilustres visitantes partiram, Holmes acendeu o cachimbo em silêncio e ficou sentado por algum tempo, perdido nas profundezas de seus pensamentos. Eu abrira o jornal e estava absorto na leitura de um artigo sobre um crime ocorrido em Londres na noite anterior, quando meu amigo soltou uma exclamação, colocou-se de pé em um salto e largou o cachimbo sobre a lareira.

– Sim! – disse ele. – Não há maneira melhor de chegar ao documento. A situação é desesperadora, mas ainda há esperança. Mesmo agora, se soubermos quem o roubou, é muito provável que ele ainda o tenha em seu poder. Afinal, tudo se resume a dinheiro, quando se trata desses sujeitos, e nisso o *British Treasury** vai me ajudar. Se o documento estiver no mercado, vou comprá-lo – mesmo que isso signifique um aumento no imposto de renda. É admissível que o sujeito retenha-o por algum tempo, para ver que ofertas surgem aqui na Inglaterra antes de tentar a sorte no estrangeiro. Há somente três capazes de jogar um jogo tão perigoso: Oberstein, La Rothiere e Eduardo Lucas. Vou ver cada um deles.

Olhei para o jornal.

– Eduardo Lucas da Godolphin Street?

– Sim.

– Você não vai vê-lo.

– Por que não?

– Ele foi assassinado em sua casa noite passada.

---

* Órgão responsável por formular e implementar as políticas governamentais econômicas e financeiras no Reino Unido. (N. do T.)

Meu amigo surpreendia-me tão amiúde no decorrer de nossas aventuras que fiquei exultante ao perceber que, daquela vez, fora eu quem o surpreendera completamente. Ele me observou, admirado, e pegou o jornal de minhas mãos. Eis o parágrafo que eu estava lendo quando ele se levantou de sua cadeira:

ASSASSINATO EM WESTMINSTER

"Um crime misterioso foi cometido noite passada no número 16 da Godolphin Street, em um dos conjuntos de casas reclusas do século 18, localizados entre o rio e a Abadia, quase à sombra das torres do Parlamento. Essa pequena mas distinta mansão era habitada há alguns anos pelo sr. Eduardo Lucas, conhecido nos círculos sociais devido à sua personalidade encantadora e à sua reputação – por sua vez bem-merecida – de ser um dos melhores tenores amadores em todo o país. O senhor Lucas era solteiro, tinha 34 anos de idade, e em sua residência trabalhavam a sra. Pringle, uma criada idosa, e Mitton, seu *valet de chambre*. A sra. Pringle recolhia-se cedo e dormia no andar superior da casa. Mitton estava fora à noite, visitando um amigo em Hammersmith. Das dez da noite em diante, o sr. Lucas ficou sozinho em casa. Ainda não se sabe o que ocorreu nesse ínterim, mas às 11h45 o chefe de polícia Barrett, ao passar pela Godolphin Street, percebeu que a porta do número 16 estava entreaberta. Bateu, mas não obteve resposta. Ao perceber uma luz no primeiro aposento, avançou rumo ao interior da casa e bateu novamente, sem nenhum resultado. Então abriu a porta e entrou. O aposento estava em um estado de desordem total, com a mobília toda atirada para o lado, e, no centro da sala, havia uma cadeira com o encosto voltado para o chao. Ao lado dessa cadeira, ainda segurando uma de suas pernas, jazia o desafortunado habitante da casa. Ele fora esfaqueado no coração e deve ter morrido instantaneamente. A faca usada para cometer o crime era uma adaga indiana curva, arrancada de um dos troféus de armas orientais que adornavam uma das paredes. O motivo do crime não aparenta ser roubo, pois não houve tentativa de remover itens valiosos da sala. O sr. Eduardo Lucas era tão conhecido e popular que seu destino misterioso e violento despertará um interesse doloroso e solidariedade intensa em um grande círculo de amigos."

– Bem, Watson, o que acha disso? – perguntou Holmes, após longa pausa.

– É uma coincidência extraordinária.

– Coincidência! Eis aqui um dos três homens que nomeamos como um dos possíveis atores deste drama, e ele encontra a morte de forma violenta durante as mesmas horas em que o drama se desenrolava. As chances de isso *não* ser coincidência são enormes – sequer poderiam ser expressas em números. Não, meu caro Watson, os dois eventos estão ligados – *têm de estar* ligados. Cabe a nós explicar a ligação.

– Mas agora a polícia já deve saber de tudo.

– Absolutamente. Eles sabem somente o que viram na Godolphin Street. Não sabem – tampouco saberao – nada a respeito do Whitehall Terrace. Somente *nós* sabemos dos dois eventos e podemos estabelecer a ligação entre eles. Havia um ponto óbvio que, de qualquer forma, teria feito minhas suspeitas recaírem sobre Lucas. A Godolphin Street, em Westminster, fica a poucos minutos a pé do Whitehall Terrace. Os outros agentes secretos que eu havia mencionado moram nos extremos do West End. Portanto, seria mais fácil para Lucas do que para os outros estabelecer uma conexão ou receber uma mensagem da criadagem na casa do secretário europeu – um fato insignificante, e que, todavia, mostra-se essencial ao pensarmos que todos os eventos transcorreram dentro de poucas horas. Opa! O que temos aqui?

A sra. Hudson aparecera com o cartão de uma outra senhora sobre uma salva. Holmes observou-o, ergueu as sobrancelhas e entregou-o a mim.

– Solicite à *lady* Hilda Trelawney Hope que tenha a bondade de subir – disse ele.

Um momento mais tarde, nosso modesto apartamento, já bastante distinto naquela manhã, foi honrado pela visita da mulher mais adorável de toda Londres. Muitas vezes eu ouvira a respeito da beleza da filha do Duque de Belminster, mas nenhuma descrição, nem tampouco a contemplação de suas fotos monocromáticas, poderia ter me preparado para o charme delicado e sutil e para o lindo colorido de suas feições. E isto que, naquela manhã de outono, a beleza não seria a primeira coisa a impressionar quem a visse. As faces eram adoráveis, mas estavam pálidas de emoção; os olhos eram reluzentes, mas de uma luz febril; a boca, delicada, estava tensa em meio ao esforço para controlar-se. Terror – e não beleza – foi o que primeiro nos saltou aos olhos quando enxergamos nossa bela visitante na porta.

– Meu marido esteve aqui, sr. Holmes?

– Sim, madame, esteve.

– Sr. Holmes, imploro que não lhe conte que eu estive aqui.

Holmes friamente fez uma mesura e ofereceu uma cadeira à senhora.

– Vossa senhoria deixa-me em uma situação delicada. Rogo-lhe que sente e conte-me o que deseja; mas temo não poder fazer promessas incondicionais.

Ela atravessou a sala e sentou-se de costas para a janela. Tinha o porte de uma rainha – alta, graciosa e intensamente feminina.

– Sr. Holmes – disse, e suas mãos cobertas por luvas brancas juntavam-se e soltavam-se ao falar –, falarei francamente com o senhor na esperança de que isso o faça falar francamente por sua vez. Há uma confiança total entre mim e meu marido a respeito de tudo, exceto uma coisa: política. Quanto a isso, os lábios dele estão selados. Ele não me diz nada. Sei que ocorreu algo deplorável em nossa casa na noite passada. Sei que um papel desapareceu. Mas por se tratar de um assunto político, meu marido recusa-se a confiar em mim. É essencial – essencial, digo-lhe – que eu saiba os pormenores do problema. O senhor é a única pessoa, afora esses políticos, que sabe dos fatos. Rogo-lhe então, sr. Holmes, que me conte exatamente o que ocorreu e que conseqüências isso terá. Conte-me tudo, sr. Holmes. Não permita que os interesses de seu cliente o mantenham calado, pois lhe asseguro de que os interesses dele só seriam beneficiados ao fazer-me confiança. Que papel é esse que foi roubado?

– Madame, o que a senhora me pede é realmente impossível.

Ela gemeu e deixou a cabeça cair entre as mãos.

– Madame, entenda. Se o seu marido acha apropriado mantê-la de fora desse assunto, será que cabe a mim, a quem os fatos foram revelados somente mediante o compromisso de sigilo, contar-lhe o que ele preferiu ocultar? Não é justo que me peça isso. É a ele que deve pedir.

– Já pedi. Venho ao senhor como último recurso. Mas mesmo que não me diga algo claro, sr. Holmes, ainda assim poderia prestar-me um grande serviço ao esclarecer um ponto.

– De que se trata, madame?

– É possível que a carreira política de meu marido sofra prejuízos devidos a esse incidente?

– Bem, madame, a não ser que o problema seja resolvido, pode haver conseqüências muito infelizes.

– Ah! – ela inspirou subitamente, como quem teve uma dúvida esclarecida.

– Mais uma pergunta, sr. Holmes. Devido a uma expressão que meu marido usou ao falar sobre o desastre, entendi que a perda desse documento pode ter conseqüências públicas terríveis.

– Se ele assim o disse, certamente não posso negar.

– Conseqüências de que espécie?

– Não, madame, novamente pergunta-me algo que não posso responder.

– Então não vou tomar mais o seu tempo. Não posso culpá-lo, sr. Holmes, por ter se negado a falar mais abertamente, e creio que, de sua parte, não pensará coisas ruins a meu respeito por eu desejar compartilhar as aflições de meu marido, mesmo que contra a vontade dele. Mais uma vez rogo-lhe que não comente nada a respeito de minha visita. – Ela voltou o olhar para nós ao sair pela porta, e vi aquele rosto belo e atormentado, aqueles olhos assustados e a boca tensa pela última vez. E então ela se foi.

– Bem, Watson, o sexo frágil é assunto seu – disse Holmes, sorrindo, quando o frufru da saia foi silenciado pelo fechar da porta. – Qual é o jogo dessa senhora? O que ela realmente quer?

– Para mim está claro que o que ela disse é verdade, e sua ansiedade é muito natural.

– Hm! Pense em sua aparência, Watson, seus modos, sua postura contida, sua inquietude, sua tenacidade ao fazer perguntas. Lembre-se de que ela vem de uma classe em que não se costuma demonstrar os sentimentos.

– Certamente estava muito emocionada.

– Lembre-se também da curiosa veemência grave com que nos afirmou ser melhor para seu marido que ela soubesse de tudo. O que queria dizer com isso? E você deve ter observado, Watson, que fez manobras para ficar de costas para a luz. Não queria que víssemos sua expressão.

– Sim; ela escolheu a cadeira onde sentou.

– Ainda assim, os motivos dessa mulher são inescrutáveis. Lembra-se da mulher em Margate, de quem suspeitei pela mesma razão? Ela não usava pó no rosto: isso me ajudou a solucionar o caso. Como tirar conclusões de coisas tão fugidias? O significado da ação mais trivial pode precisar de muitos volumes para ser descrito, enquanto a conduta mais extraordinária pode depender apenas de um grampo ou de um ferro de frisar cabelos. Tenha um bom dia, Watson.

– Você está saindo?

– Sim; vou passar a manhã na Godolphin Street com nossos amigos da polícia. A solução de nosso caso se encontra com Eduardo Lucas, ainda que eu deva admitir não ter o menor palpite a respeito da forma sob a qual ela irá se apresentar. É um erro fatal criar teorias antes de se conhecerem os fatos. Fique então de guarda, meu bom Watson, e receba nossos visitantes futuros. Voltarei para lhe fazer companhia no almoço, se puder.

Durante todo o dia, e também no próximo, Holmes esteve com um humor que seus amigos chamariam de taciturno, e as demais pessoas, de sombrio. Ele saía e entrava correndo, fumava sem parar, tocava alguns trechos em seu violino, entregava-se a devaneios, devorava sanduíches em intervalos irregulares e raramente respondia às perguntas que eu lhe fazia em algumas ocasiões. Para mim, era evidente que algo não ia bem com ele ou com sua busca. Ele não comentava nada a respeito do caso, e foi somente ao ler os jornais que me informei sobre os detalhes do inquérito, que incluíam a prisão e a ulterior soltura de John Mitton, o *valet de chambre* do falecido. O legista fez o óbvio e declarou tratar-se de homicídio doloso, mas as partes envolvidas ainda eram uma incógnita. Nenhum motivo foi apresentado. A sala estava cheia de objetos de valor, mas nada fora levado. Ninguém havia mexido nos papéis do sr. Lucas, os quais foram cuidadosamente estudados e revelaram que ele era um aplicado estudante de política internacional e um lingüista notável, que freqüentemente espalhava boatos e que mantinha vasta correspondência. Tinha relações muito próximas com os principais políticos de diversos países. Mas não se descobriu nada de extraordinário nos documentos que enchiam suas gavetas. Quanto às suas relações com mulheres, parecem ter sido bem diversificadas, mas superficiais. Ele tinha muitas conhecidas entre elas, mas poucas amigas, e não havia uma sequer que ele amasse. Seus hábitos eram regulares e sua conduta, inofensiva. Sua morte era um mistério absoluto e provavelmente permaneceria assim.

Quanto à prisão de John Mitton, foi um ato de desespero da polícia, frente à alternativa de total inação. Mas não se podia sustentar o caso contra ele: visitara amigos em Hammersmith naquela noite. O álibi era impecável. É verdade que o horário em que chegou a Westminster era bem anterior ao crime, mas a explicação que ele deu, de que percorrera um trecho a pé, pareceu bastante plausível ao levarmos em conta que era uma noite especialmente agradável. De fato, chegou em casa à meia-noite e pareceu ter se chocado com a tragédia inesperada. Sempre tivera um bom relacionamento com o patrão. Muitas das posses do falecido – sobretudo um pequeno estojo de lâminas – foram encontradas entre seus pertences, mas ele explicou que foram presentes do patrão, e a criada confirmou o relato. Mitton trabalhava para o sr. Lucas havia três anos. Chamava a atenção o fato de Lucas não levar Mitton consigo ao continente: por vezes fazia visitas de até três meses a Paris, mas Mitton ficava encarregado da casa na Godolphin Street. Quanto à criada, não ouvira nada na noite do crime. Se alguém fora visitar o patrão, ele mesmo devia ter recebido o visitante.

Então o mistério estendeu-se por três manhãs, segundo acompanhei pelos jornais. Se Holmes sabia de algo mais, guardava para si, mas, como me contara que o inspetor Lestrade o havia convocado para o caso, eu sabia que ele estava acompanhando cada detalhe. No quarto dia, apareceu um longo telegrama de Paris que parecia esclarecer o problema:

> "Uma descoberta recém-feita pela polícia parisiense [dizia o *Daily Telegraph*] levanta o véu que encobria o trágico destino do sr. Eduardo Lucas, que encontrou uma morte violenta segunda-feira passada na Godolphin Street, em Westminster. Nossos leitores irão lembrar-se de que o falecido cavalheiro foi encontrado esfaqueado em seus aposentos e de que havia alguma suspeita quanto ao seu *valet de chambre*, mas o caso perdeu o rumo quando ele apresentou um álibi. Ontem, uma senhora conhecida como madame Henri Fournaye, que morava numa pequena

residência na rue Austerlitz, foi denunciada às autoridades por insanidade. Exames mostraram que de fato ela desenvolvera uma mania de características perigosas e permanentes. Ao investigar o caso, a polícia descobriu que madame Henri Fournaye retornara de uma viagem a Londres na terça-feira passada, e há evidências que a associam ao crime em Westminster. Uma comparação fotográfica provou definitivamente que *monsieur* Henri Fournaye e Eduardo Lucas eram uma única pessoa, e que o falecido, por alguma razão, vivia uma vida dupla em Londres e Paris. Madame Fournaye, de origem crioula, é de uma natureza extremamente sensível e sofrera muito no passado devido a seus ataques de ciúme, que culminaram em ataques de loucura. Conjetura-se que em um desses ataques ela tenha cometido o horrível crime que teve tamanha repercussão em Londres. Ainda não se puderam determinar seus movimentos na noite de segunda-feira, mas sabe-se que uma mulher que corresponde à sua descrição atraiu muita atenção na estação de Charing Cross na manhã de terça-feira por sua aparência selvagem e seus gestos violentos. No momento, está incapacitada a dar qualquer depoimento coerente a respeito do que se passou, e os médicos não têm esperanças de trazê-la de volta à razão. Há evidências de que uma mulher, possivelmente madame Fournaye, tenha sido vista durante algumas horas na noite de segunda-feira a espreitar a casa na Godolphin Street."

– O que acha disso, Holmes? – perguntei após ler o artigo em voz alta enquanto ele terminava seu desjejum.

– Meu caro Watson – disse ele, enquanto se levantava e andava para cima e para baixo no aposento –, sei que você sofre há tempo com isto, mas se não lhe contei nada nos últimos três dias é porque não há nada a contar. Mesmo esse relato de Paris não nos ajuda muito.

– Certamente ele encerra o assunto da morte do sr. Lucas.

– A morte desse homem foi um mero incidente – um episódio trivial – quando comparado à nossa verdadeira tarefa, que é rastrear o documento e evitar uma catástrofe européia. O fato de nada ter acontecido é a coisa mais importante que aconteceu nos últimos três dias. Recebo relatórios do governo quase de hora em hora, e em nenhum lugar da Europa há qualquer sinal de turbulências. Se essa carta estivesse por aí – não, ela *não pode* estar por aí –, mas se ela não está por aí, então onde está? Quem a possui? Por que a mantém consigo? Eis a questão que martela em minha cabeça. Será que foi mesmo uma coincidência a morte de Lucas acontecer na mesma noite em que a carta desapareceu? Será que a carta chegou até ele? Caso tenha chegado, por que não estava junto aos demais papéis? Será que essa sua esposa maluca a levou embora consigo? Caso tenha levado, será que a carta se encontra na sua casa em Paris? Como eu poderia procurá-la sem despertar as suspeitas da polícia francesa? Temos um caso em que a lei é tão perigosa para nós quanto os criminosos, meu caro Watson. Tudo está contra nós, e ainda assim os interesses em jogo são colossais. Se eu obtiver sucesso na resolução deste caso, certamente isso representará a glória que irá coroar minha carreira. Ah, aqui está o último relatório! – olhou rapidamente para a nota que lhe tinha sido entregue. – Opa! Lestrade parece ter descoberto algo interessante. Coloque seu chapéu, Watson, e vamos dar um passeio até Westminster.

Era minha primeira visita à cena do crime – uma casa alta, decrépita e estreita, formal e sólida, como o século em que fora construída. Avistamos as feições de buldogue de Lestrade na janela da frente, e ele nos cumprimentou calorosamente após um robusto chefe de polícia abrir o portão e nos dar passagem. A sala a que nos conduziram era aquela onde o assassinato fora cometido, mas nenhum traço do crime restava agora, exceto por uma mancha feia e irregular sobre o tapete. Era um pequeno tapete quadrado, no centro da sala, circundado pelo vasto, belo e antigo assoalho de blocos de madeira, altamente polidos. Acima da lareira havia um magnífico troféu de armas, uma das quais fora usada naquela noite trágica. Junto à janela havia uma escrivaninha suntuosa, e cada detalhe do lugar – os quadros, os tapetes, os ornamentos, tudo indicava um gosto luxuoso, beirando a afeminação.

– Viu as notícias de Paris? – perguntou Lestrade.

Holmes anuiu com a cabeça.

– Parece que nossos amigos franceses acertaram desta vez. Sem dúvida, estão certos. Ela bateu à porta – uma visita surpresa, acho, pois ele levava uma vida discretíssima. Ele a deixou entrar – não pôde mantê-la do lado de fora. Ela lhe contou como o havia descoberto, criticou-o, uma coisa levou à outra, e assim, com aquela adaga tão à mão, logo se chegou ao fim. Mas não foi coisa de um instante, pois estas cadeiras estavam todas atiradas para o lado, e ele tinha uma em sua mão, como que para tentar afastar a esposa. Tudo está claro como se tivéssemos presenciado a cena.

Holmes ergueu as sobrancelhas.

– E ainda assim os senhores me convocaram?

– Ah, sim, isso é outro assunto – uma bobagem, mas o tipo de coisa que o senhor gosta –, esquisito, sabe, e poderia dizer até aberrante. Não tem nada a ver com o fato principal – não pode ter, dados os fatos.

– O que é, então?

– Bem, o senhor sabe que após um crime como esse tomamos muito cuidado para deixar todas as coisas em sua posição original. Nada foi movido. Havia oficiais trabalhando aqui dia e noite. Nesta manhã, quando o homem foi enterrado e as investigações foram encerradas – no que diz respeito a esta sala –, pensamos em organizar um pouco as coisas. Este tapete. O senhor vê? Não está preso ao chão; apenas colocado aí. Ao levantá-lo, encontramos...

– Sim? Encontraram...

O rosto de Holmes crispou-se de ansiedade.

– Bem, creio que o senhor levaria mais de um século para adivinhar o que encontramos. Está vendo aquela mancha no tapete? Bem, um bocado deve ter passado para o outro lado, não?

– Sem dúvida que sim.

– Bem, o senhor ficará surpreso ao saber que não há uma mancha correspondente na madeira branca do assoalho.

– Não há mancha! Mas deve...

– Sim, é o que o senhor gostaria de dizer. Mas o fato de que não há mancha permanece. – Lestrade pegou a ponta do tapete e, virando-a, demonstrou o que estava afirmando.

– Mas o lado de baixo do tapete está manchado como o de cima. Deve ter deixado alguma marca no piso.

Lestrade riu consigo, satisfeito, ao ver que confundira o famoso especialista.

– Agora vou lhe dar a explicação. *Há* uma segunda mancha, mas ela não corresponde a esta. Veja por si mesmo. – Ao falar, virou outra parte do tapete, e ali, de fato, fora derramado o líquido escarlate sobre o quadrado branco de madeira do antigo assoalho. – O que me diz disto, sr. Holmes?

– Ora, é bem simples. As duas manchas estavam alinhadas, mas alguém virou o tapete. Como ele é quadrado e solto, foi fácil fazer.

– A polícia não precisa do senhor para saber que o tapete foi virado, sr. Holmes. Isso está claro, pois as manchas correspondem uma à outra quando se coloca o tapete onde ele deveria estar. O que eu quero saber é quem virou o tapete, e por quê.

Pelo rosto rígido de Holmes, eu soube que, por dentro, estava vibrando de entusiasmo.

– Lestrade! – disse ele. – O policial que está na porta ficou responsável pelo lugar o tempo todo?

– Sim, ficou.

– Bem, ouça meu conselho. Interrogue-o cuidadosamente, mas não em nossa presença. Leve-o para a sala dos fundos. É mais provável que o senhor consiga uma confissão estando a sós com ele. Pergunte como pôde permitir a entrada de pessoas na sala e deixá-las sozinhas aqui. Pode contar com isso. Diga que *sabe* que alguém esteve aqui. Pressione-o. Diga-lhe que uma confissão é a única chance que ele tem de obter perdão. Faça exatamente como estou lhe dizendo!

– Raios, se ele sabe disso, então vou fazer com que fale! – gritou Lestrade. E disparou rumo ao corredor; após alguns momentos, sua voz intimidadora soava na sala dos fundos.

– Agora, Watson, agora! – gritou Holmes, com uma avidez que beirava o frenesi. Toda a força demoníaca que se escondia por detrás daqueles modos desatentos explodiu em um paroxismo de energia. Ele puxou o tapete e, no instante seguinte, estava de quatro no chão da sala, tentando agarrar os quadrados de madeira que estavam cobertos. Um deles virou de lado quando Holmes enfiou as unhas numa das extremidades e girou sobre uma dobradiça, como a tampa de uma caixa. Uma pequena cavidade negra revelou-se. Holmes colocou sua mão ávida ali dentro e retirou-a com um rosnado de raiva e desapontamento. O compartimento estava vazio.

– Rápido, Watson, rápido! Ponha-a de volta! – a tampa de madeira foi recolocada, e recém havíamos arrumado o tapete quando ouvimos a voz de Lestrade no corredor. Ele encontrou Holmes escorado languidamente na lareira, resignado e paciente, tentando esconder seus bocejos inevitáveis.

– Desculpe-me fazê-lo esperar, sr. Holmes. Estou vendo que o senhor está aborrecido com esta história toda. Bem, mas ele confessou mesmo. Entre, MacPherson. Permita que esses cavalheiros ouçam sua conduta indesculpável.

O grande policial, vermelho e arrependido, entrou de lado na sala.

– Não tive má intenção, senhor, juro. A moça bateu na porta noite passada – se enganou de casa, foi isso o que aconteceu. E então começamos a conversar. É muito solitário ficar aqui de guarda o dia todo.

– Bem, e o que aconteceu então?

– Ela queria ver onde o crime foi cometido – tinha lido a respeito nos jornais, foi o que disse. Era uma moça muito respeitável e bem-educada, senhor, e achei que não faria mal algum deixá-la dar uma espiada. Quando viu a marca no tapete, caiu no chão, como se estivesse morta. Voltei para buscar água, mas não consegui fazê-la voltar a si. Então fui até a esquina, até o *Ivy Plant*, para pegar um pouco de *brandy*, e quando retornei, a moça já tinha se recuperado e saído – muito envergonhada, creio, e sem ter coragem de me olhar nos olhos.

– E quanto a mover aquele tapete?

– Bem, senhor, ele certamente estava um pouco enrugado, quando retornei. Veja bem, ela caiu sobre ele, e ele está sobre um assoalho polido sem nada que o prenda no lugar. Eu o alisei depois disso.

– Aprenda uma lição: não tente me enganar, MacPherson – disse Lestrade, com dignidade. – Sem dúvida, achou que sua falta com o dever nunca seria descoberta, mas apesar disso, um mero olhar para o tapete bastaria para me convencer de que alguém foi recebido no aposento. É sorte sua, meu amigo, que nada esteja faltando, ou estaria metido em uma bela encrenca. Lamento chamá-lo por causa de um assunto tão insignificante, sr. Holmes, mas achei que o fato de a segunda mancha não corresponder à primeira seria de seu interesse.

– Certamente foi interessantíssimo. Essa moça esteve aqui somente uma vez, sr. MacPherson?

– Sim, senhor, somente uma vez.

– Quem era ela?

– Não sei o nome, senhor. Estava respondendo a um anúncio para datilógrafos e veio parar no número errado – uma moça muito gentil e agradável, senhor.

– Alta? Bonita?

– Sim, senhor; era uma moça bem-feita. Acho que dá para dizer que era bonita. Talvez até que era muito bonita. “Oh, oficial, deixe-me dar uma espiada!”, disse ela. Tinha bons modos e lábia, como se costuma dizer, e achei que não teria problema em deixá-la ver.

– Como estava vestida?

– Discreta, senhor – usava um longo casaco que lhe chegava aos pés.

– A que horas isso aconteceu?

– Recém escurecia. Estavam acendendo os lampiões quando voltei com o *brandy*.

– Muito bem – disse Holmes. – Venha, Watson, creio que temos trabalho mais importante em outro lugar.

Ao deixarmos a casa, Lestrade ficou no quarto da frente, enquanto o policial arrependido abria a porta para nós. Holmes virou-se sobre o degrau e segurou algo na mão. O policial observou-o atentamente.

– Pelo amor de Deus, senhor! – gritou, demonstrando surpresa em seu olhar. Holmes colocou um dedo sobre os lábios, recolocou a mão no bolso e desatou a gargalhar assim que viramos a esquina.

– Excelente! – disse ele. – Venha, Watson, meu amigo, a cortina sobe para o último ato! Você ficará aliviado ao saber que não haverá guerra, que o *Right Honourable* Trelawney Hope não terá sua brilhante carreira prejudicada, que o soberano indiscreto não será punido por sua indiscrição, que o primeiro-ministro não terá de lidar com turbulências na Europa e que, com um pouco de tato e bom-senso de nossa parte, ninguém vai sofrer prejuízos por aquilo que poderia ter se tornado um incidente muito feio.

Enchi-me de admiração por aquele homem extraordinário.

– Você tem a solução! – gritei.

– Não exatamente, Watson. Há alguns pontos que permanecem tão obscuros quanto estavam. Mas já temos tanto material que será nossa culpa se não obtivermos o resto. Vamos direto ao Whitehall Terrace para resolver o problema.

Ao chegarmos na residência do secretário europeu, Sherlock Holmes perguntou por *lady* Hilda

Trelawney Hope. Em seguida fomos conduzidos a uma sala de estar.

– Sr. Holmes! – disse a senhora, e suas faces ficaram rosadas de indignação. – Isto certamente é muito injusto e pouco generoso de sua parte. Conforme lhe expliquei, eu quis manter minha visita ao senhor secreta, por medo de que meu marido pensasse que estou me intrometendo em seus assuntos. Ainda assim o senhor compromete-me ao vir até aqui e demonstrar que temos relações de negócios.

– Lamento, madame, mas não me restou outra alternativa. Fui contratado para reaver um documento de enorme importância. Devo portanto pedir-lhe, madame, que o entregue a mim.

A senhora colocou-se de pé em um salto, e toda a cor de seu rosto sumiu em um instante. Seus olhos ficaram vidrados, ela balançou, e achei que fosse desmaiar. Então, com um grande esforço, recuperou-se do choque, e uma surpresa e indignação supremas tomaram o lugar de qualquer outra expressão em seu rosto.

– O senhor... o senhor insulta-me, sr. Holmes.

– Vamos, vamos, madame, isso é inútil.

Ela correu até a sineta.

– O mordomo irá acompanhar-lhes até a saída.

– Não puxe a corda, *lady* Hilda. Se o fizer, todo meu esforço para evitar um escândalo terá sido em vão. Entregue-me a carta, e tudo estará bem. Se a senhora trabalhar comigo, posso consertar as coisas. Se trabalhar contra mim, terei de expô-la.

Ela adotou uma postura desafiadora, em grande estilo: um porte de rainha, seus olhos fixos sobre Holmes como se pudessem ler sua alma. Sua mão estava na sineta, mas ela desistira de fazê-la soar.

– O senhor está tentando me assustar. Não é uma coisa muito cavalheiresca, sr. Holmes, vir até aqui para intimidar uma mulher. O senhor diz saber de algo: o que é?

– Por gentileza, sente-se, madame. Caso caia, a senhora irá se machucar ficando aí. Não falarei até que a senhora esteja sentada. Obrigado.

– Dou-lhe cinco minutos, sr. Holmes.

– Apenas um bastará,. *lady* Hilda. Sei de sua visita à casa de Eduardo Lucas, sei que lhe entregou esse documento, sei de seu retorno engenhoso à casa na noite passada e sei como pegou a carta do esconderijo sob o tapete.

Ela o observou com uma expressão pálida e engoliu duas vezes antes de poder falar novamente.

– O senhor está louco, sr. Holmes, louco! – ela gritou por fim.

Ele pegou um pequeno pedaço de papel de seu bolso. Era o rosto de uma mulher, recortado de um retrato.

– Trouxe isto comigo por achar que seria útil – disse ele. – O policial a reconheceu.

Ela suspirou, e sua cabeça caiu para trás na cadeira.

– Vamos, *lady* Hilda. A carta está em seu poder. O caso ainda tem conserto. Não desejo trazer problemas à senhora. Meu dever acaba assim que eu devolver a carta ao seu marido. Aceite meu conselho e seja franca comigo; é sua única chance.

A coragem dela era admirável. Mesmo agora não se dava por derrotada.

– Digo-lhe novamente, sr. Holmes, que o senhor está sob o efeito de um delírio.

Holmes levantou-se de sua cadeira.

– Lamento pela senhora, *lady* Hilda. Fiz o melhor que pude, mas vejo que tudo foi em vão.

Ele fez soar a sineta. O mordomo entrou.

– O sr. Trelawney Hope está em casa?

– Chegará em casa às 12h45, senhor.

Holmes olhou para o relógio.

– Ainda faltam quinze minutos – disse ele. – Muito bem, vou aguardar.

Mal o mordomo fechara a porta e *lady* Hilda estava ajoelhada aos pés de Holmes, com as mãos estendidas, seu belo rosto voltado para cima, úmido de lágrimas.

– Oh, poupe-me, sr. Holmes! Poupe-me! – ela implorava, em um acesso de súplicas. – Pelo amor de Deus, não conte para ele! Amo-o tanto! Nunca quis trazer uma sombra sequer para sua vida, e sei que isso partiria seu nobre coração!

Holmes ajudou a senhora a se levantar.

– Fico agradecido, madame, que tenha voltado a si, ainda que no último momento! Não há um instante a perder. Onde está a carta?

Ela disparou em direção a uma escrivaninha, destrancou-a e pegou um longo envelope azul.

– Aqui está ela, sr. Holmes. Quisera eu nunca tê-la visto!

– Como podemos devolvê-la? Depressa, depressa, temos de pensar em uma maneira! Onde está a pasta?

– Ainda no quarto.

– Que sorte! Rápido, madame, traga-a até aqui.

Um momento mais tarde, apareceu com uma pasta vermelha e achatada em suas mãos.

– Como a senhora a abriu antes? Com uma duplicata da chave? Sim, claro que sim. Abra-a!

Lady Hilda tirou uma pequena chave de junto ao seio. A pasta abriu-se. Estava forrada de papéis. Holmes enfiou o envelope fundo, em meio às folhas de um outro documento. A pasta foi fechada, chaveada e colocada novamente em seu quarto.

– Agora estamos prontos para esperá-lo – disse Holmes –; ainda temos dez minutos. Estou indo bem longe para protegê-la, *lady* Hilda. Em troca, a senhora terá de me dizer francamente de que se trata este acontecimento extraordinário.

– Sr. Holmes, vou contar-lhe tudo – gritou a senhora. – Oh, sr. Holmes, preferiria que me cortassem a mão direita do que trazer um momento de angústia ao meu marido! Não há mulher em Londres que ame seu marido tanto quanto eu, mas se ele soubesse como agi – como fui forçada a agir –, jamais me perdoaria, pois sua honra lhe é tão cara que ele não poderia perdoar um lapso na honra alheia. Ajude-me, sr. Holmes! A minha felicidade, a felicidade dele, nossas próprias vidas correm perigo!

– Rápido, madame, o tempo é curto!

– Era uma carta minha, sr. Holmes, uma carta indiscreta que eu tinha escrito antes de me casar – uma carta estúpida, de uma garota impulsiva e enamorada. Não tive nenhuma má intenção, mas meu marido a teria considerado criminosa. Se houvesse lido aquela carta, sua confiança em mim seria destruída para sempre. Há anos que a escrevi. Achei que o assunto estava morto. Mas então soube desse homem, Lucas, que tivera a carta repassada para suas mãos e que a revelaria a meu marido. Implorei por sua misericórdia. Prometeu devolver-me a carta se eu lhe desse um certo documento que estava na pasta de meu marido. Ele tinha algum espião no escritório que descobrira sua existência. Assegurou-me de que isso não traria nenhum mal ao meu marido. Coloque-se em meu lugar, sr. Holmes! O que eu poderia fazer?

– Contar tudo ao seu marido.

– Eu não podia, sr. Holmes, não podia! De um lado, eu tinha a ruína certa; do outro, ainda que parecesse terrível pegar os papéis de meu marido, não podia entender as conseqüências disso no campo da política, enquanto no campo do amor e da confiança elas eram muito claras. Sim, sr. Holmes, fui eu! Tirei um molde de sua chave; esse homem, Lucas, forneceu-me uma duplicata. Abri a pasta, peguei o papel e levei-o até a Godolphin Street.

– E o que aconteceu lá, madame?

– Bati na porta, conforme o combinado. Lucas abriu. Acompanhei-o até a sala, deixando a porta do corredor entreaberta atrás de mim, pois eu tinha medo de ficar a sós com ele. Lembro-me de que havia uma mulher no lado de fora, quando entrei. Logo fechamos nosso negócio. Minha carta encontrava-se sobre sua escrivaninha; entreguei-lhe o documento. Ele me deu a carta. Nesse instante, ouvimos um som vindo da porta. Eram passos no corredor. Lucas rapidamente recolheu o tapete, enfiou o documento em algum esconderijo lá e cobriu-o novamente.

"O que aconteceu depois disso foi um pesadelo terrível. Lembro-me da visão de um rosto sombrio e frenético, da voz de uma mulher que gritou, em francês: 'Minha espera não foi em vão! Finalmente encontrei-o com ela!'. Houve uma luta brutal. Eu o vi com uma cadeira em suas mãos, ela com uma faca brilhando nas suas. Fugi dessa cena horrível, corri para fora da casa e somente no jornal do dia seguinte soube do terrível desenlace. Naquela noite, eu estava feliz, pois tinha minha carta e ainda não sabia o que o futuro traria.

"Só na manhã seguinte dei-me conta de que havia apenas trocado um problema por outro. A angústia de meu marido diante da perda do documento não me saía da cabeça. Quase não consegui evitar ajoelhar-me a seus pés naquele mesmo instante e contar-lhe o que tinha feito. Mas isso, novamente, envolveria uma confissão a respeito de meu passado. Fui até o senhor naquela manhã e descobri toda a enormidade da minha transgressão. No instante em que entendi do que se tratava, meus pensamentos convergiram em um único: conseguir o papel do meu marido de volta. Ainda deveria estar onde Lucas o deixara, pois já estava escondido quando aquela mulher terrível adentrou a sala. Se não fosse pela chegada dela, eu sequer saberia onde ficava o esconderijo. Como eu chegaria até a sala? Por dois dias fiquei observando o local, mas a porta nunca ficava aberta. Na noite passada, fiz uma última tentativa. O que eu fiz e como obtive sucesso, isso o senhor já sabe. Trouxe o papel de volta comigo e pensei em destruí-lo, já que não encontrava um meio de devolvê-lo sem confessar minha culpa para o meu marido. Céus, estou ouvindo seus passos na escada!"

O secretário europeu adentrou a sala, inquieto.

– Alguma novidade, sr. Holmes, alguma novidade? – ele gritou.

– Ainda tenho esperanças.

– Ah, graças a Deus! – seu rosto ficou radiante. – O primeiro-ministro irá almoçar comigo. Será que poderíamos compartilhar de suas esperanças? Ele tem nervos de aço, e, ainda assim, sei que ele mal dorme desde este terrível evento. Jacobs, será que você poderia pedir ao primeiro-ministro que subisse? Quanto a você, querida, temo que isto seja assunto de política. Vamos encontrá-la em alguns minutos na sala de jantar.

O primeiro-ministro tinha modos contidos, mas eu podia ver pelo brilho de seus olhos e pelo palpitar de seus músculos que ele partilhava a inquietude de seu colega mais jovem.

– Segundo entendo, o senhor tem algo a dizer, certo, sr. Holmes?

– Negativo, pelo menos por enquanto – meu amigo respondeu. – Investiguei todos os lugares onde o papel pudesse estar e creio não haver nada a temer.

– Mas isso não basta, sr. Holmes. Não podemos ficar como que esperando a erupção de um vulcão. Precisamos de algo mais palpável.

– Tenho esperanças disso. É por isso que estou aqui. O quanto mais penso a respeito do caso, mais convencido fico de que a carta nunca saiu desta casa.

– Senhor Holmes!

– Se tivesse saído daqui, certamente já teria sido publicada a estas alturas.

– Mas por que alguém pegaria a carta para mantê-la em casa?

– Não estou certo de que alguém a tenha pegado.

– Nesse caso, como sairia da pasta?

– Não estou certo de que ela tenha jamais saído da pasta.

– Sr. Holmes, não é hora para fazer piadas. Asseguro-lhe de que ela não se encontra na pasta.

– O senhor já a examinou desde a manhã de quinta-feira?

– Não; não foi necessário.

– É possível que tenha passado por ela.

– Impossível, eu garanto.

– Mas eu não estou tão convencido; sei que tais coisas acontecem. Presumo que haja outros papéis nela. Bem, a carta pode ter-se misturado a eles.

– Ela estava em cima da pilha.

– Alguém pode ter chacoalhado a pasta e assim a deslocado.

– Não, não; tirei tudo lá de dentro.

– Certamente é fácil definir esse ponto, Hope! – disse o premiê. – Peça que tragam a pasta.

O secretário fez soar a sineta.

– Jacobs, traga minha pasta. Isto é uma perda de tempo ridícula, mas já que nada mais basta para os senhores, que seja feito. Obrigado, Jacobs; deixe-a aqui. Sempre mantive a chave na corrente do meu relógio. Aqui estão os papéis, como podem ver. Carta de *lord* Merrow, relatório de *sir* Charles Hardy, um memorando de Belgrado, anotações a respeito de impostos sobre grãos na Rússia e na Alemanha, uma carta de Madri, um bilhete de *lord* Flowers – céus! O que é isto? *Lord* Bellinger! *Lord* Bellinger!

O premiê tomou o envelope azul de suas mãos.

– Sim, aqui está ele – e a carta intacta. Hope, dou-lhe meus parabéns!

– Obrigado! Obrigado! Isto tira um grande peso de minhas costas! Mas é inconcebível – impossível! Sr. Holmes, o senhor é um mago, um feiticeiro! Como sabia que o documento estava aqui?

– Sabia que ele não estava em nenhum outro lugar.

– Não creio em meus olhos! – ele correu tomado de emoção até a porta. – Onde está minha esposa? Preciso dizer para ela que tudo está bem! Hilda! Hilda! – Ouvimos sua voz nas escadas.

Os olhos do premiê cintilaram ao olhar para Holmes.

– Ora, vamos, meu senhor – disse ele –, há algo de estranho nesta história. Como a carta voltou para a pasta?

Holmes, sorrindo, virou-se para escapar ao escrutínio daqueles belos olhos.

– Também temos nossos segredos diplomáticos – disse ele, pegando seu chapéu e dirigindo-se à porta.

Coleção **L&PM** POCKET

391.**Guia prático do Portugês correto – vol.2** – Cláudio Moreno
392.**Breviário das terras do Brasil** – Luis A.de Assis Brasil
393.**Cantos Cerimoniais** – Pablo Neruda
394.**Jardim de Inverno** – Pablo Neruda
395.**Antonio e Cleópatra** – William Shakespeare
396.**Tróia** – Cláudio Moreno
397.**Meu tio matou um cara** – Jorge Furtado
398.**O anatomista** – Federico Andahazi
399.**As viagens de Gulliver** – Jonathan Swift
400.**Dom Quixote – v.1** – Miguel de Cervantes
401.**Dom Quixote – v.2** – Miguel de Cervantes
402.**Sozinho no Pólo Norte** – Thomas Brandolin
403.**Matadouro Cinco** – Kurt Vonnegut
404.**Delta de Vênus** – Anaïs Nin
405.**Hagar 2** – Dick Browne
406.**É grave Doutor?** – Nani
407.**Orai pornô** – Nani
408(11).**Maigret em Nova York** – Simenon
409(12).**O assassino sem rosto** – Simenon
410(13).**O mistério das jóias roubadas** – Simenon
411.**A irmãzinha** – Raymond Chandler
412.**Três contos** – Gustave Flaubert
413.**De ratos e homens** – John Steinbeck
414.**Lazarilho de Tormes**
415.**Triângulo das águas** – Caio Fernando Abreu
416.**100 receitas de carnes** – Sílvio Lancellotti
417.**Histórias de robôs: volume 1** – Isaac Asimov
418.**Histórias de robôs: volume 2** – Isaac Asimov
419.**Histórias de robôs: volume 3** – Isaac Asimov
420.**O país dos centauros** – Tabajara Ruas
421.**A república de Anita** – Tabajara Ruas
422.**A carga dos lanceiros** – Tabajara Ruas
423.**Um amigo de Kafka** – Isaac Singer
424.**As alegres matronas de Windsor** – Shakespeare
425.**Amor e exílio** – Isaac Bashevis Singer
426.**Use & abuse do seu signo** – Marília Fiorillo e Marylou Simonsen
427.**Pigmaleão** – Bernard Shaw
428.**As fenícias** – Eurípides
429.**Everest** – Thomaz Brandolin
430.**A arte de furtar** – Anônimo do séc. XVI
431.**Billy Bud** – Herman Melville
432.**A rosa separada** – Pablo Neruda
433.**Elegia** – Pablo Neruda
434.**A garota de Cassidy** – David Goodis
435.**Como fazer a guerra: máximas de Napoleão**
436.**Poemas de Emily Dickinson**
437.**Gracias por el fuego** – Mario Benedetti
438.**O sofá** – Crébillon Fils
439.**O "Martín Fierro"** – Jorge Luis Borges
440.**Trabalhos de amor perdidos** – W. Shakespeare
441.**O melhor de Hagar 3** – Dik Browne
442.**Os Maias (volume1)** – Eça de Queiroz
443.**Os Maias (volume2)** – Eça de Queiroz
444.**Anti-Justine** – Restif de La Bretonne
445.**Juventude** – Joseph Conrad
446.**Singularidades de uma rapariga loura** – Eça de Queiroz
447.**Janela para a morte** – Raymond Chandler
448.**Um amor de Swann** – Marcel Proust
449.**À paz perpétua** – Immanuel Kant
450.**A conquista do México** – Hernan Cortez
451.**Defeitos escolhidos e 2000** – Pablo Neruda
452.**O casamento do céu e do inferno** – William Blake
453.**A primeira viagem ao redor do mundo** – Antonio Pigafetta
454(14).**Uma sombra na janela** – Simenon
455(15).**A noite da encruzilhada** – Simenon
456(16).**A velha senhora** – Simenon
457.**Sartre** – Annie Cohen-Solal
458.**Discurso do método** – René Descartes
459.**Garfield em grande forma** – Jim Davis
460.**Garfield está de dieta** – Jim Davis
461.**O livro das feras** – Patricia Highsmith
462.**Viajante solitário** – Jack Kerouac
463.**Auto da barca do inferno** – Gil Vicente
464.**O livro vermelho dos pensamentos de Millôr** – Millôr Fernandes
465.**O livro dos abraços** – Eduardo Galeano
466.**Voltaremos!** – José Antonio Pinheiro Machado
467.**Rango** – Edgar Vasques
468.**Dieta Mediterrânea** – Dr. Fernando Lucchese e José Antonio Pinheiro Machado
469.**Radicci 5** – Iotti
470.**Pequenos pássaros** – Anaïs Nin
471.**Guia prático do Portugês correto – vol.3** – Cláudio Moreno
472.**Atire no Pianista** – David Goodis
473.**Antologia Poética** – García Lorca
474.**Vidas paralelas: Alexandre e César** – Plutarco
475.**Uma espiã na casa do amor** – Anaïs Nin
476.**A gorda do Tiki Bar** – Dalton Trevisan
477.**Garfield um gato de peso** – Jim Davis
478.**Canibais** – David Coimbra
479.**A arte de escrever** – Arthur Schopenhauer
480.**Pinóquio** – Carlo Collodi
481.**Misto-quente** – Charles Bukowski
482.**A lua na sarjeta** – David Goodis
483.**Recruta Zero** – Mort Walker

Coleção **L&PM** POCKET / Saúde

1.**Pílulas para viver melhor** – Dr. Lucchese
2.**Pílulas para prolongar a juventude** – Dr. Lucchese
3.**Desembarcando o Diabetes** – Dr. Lucchese
4.**Desembarcando o Sedentarismo** – Dr. Fernando Lucchese e Cláudio Castro
5.**Desembarcando a Hipertensão** – Dr. Lucchese
6.**Desembarcando o Colesterol** – Dr. Fernando Lucchese e Fernanda Lucchese.